노무현 대통령의

지붕
낮은
집

대한민국 제16대 대통령 노무현의 가치와 철학, 업적을 널리 알리고 그 뜻을 나라와
민주주의 발전의 기틀로 세우고자 2009년 9월 23일 설립한 재단법인입니다.
시민들의 자발적 후원으로 운영되는 세계 유일의 대통령기념사업단체로 2019년 3월 기준
5만6천여 시민이 후원회원으로 참여하고 있습니다. (후원회원 가입 문의 1688-0523)

**펴낸날** 2019년 3월 27일 초판 1쇄 발행
　　　　 2019년 5월 1일 초판 2쇄 발행
**엮은이** 사람사는세상 노무현재단
**펴낸이** 유시민
**펴낸곳** 사람사는세상 노무현재단

**진행** 노무현재단 사료연구센터
**기획·편집** ㈜큐레이션 디엑스 김태현
**텍스트** 김선혜 김태현
**사진** 이대희 김태현 김정현 김영호 문현성 김기도
**디자인** 오퍼센트 김명선 김나영

**주소** 04088 서울특별시 마포구 신수로56, 6층
**전화** 1688-0523
**홈페이지** www.knowhow.or.kr

**노무현 대통령의 지붕 낮은 집**
© 사람사는세상 노무현재단, 2019

ISBN 978-89-965688-6-5

**주문 및 반품 문의** ㈜돌베개
**전화** 031-955-5020 / **팩스** 031-955-5050 / **이메일** book@dolbegae.co.kr

───────
이 도서의 국립중앙도서관 출판예정도서목록(CIP)은 서지정보유통지원시스템 홈페이지(http://seoji.nl.go.kr)와
국가자료종합목록시스템(http://www.nl.go.kr/kolisnet)에서 이용하실 수 있습니다. (CIP제어번호 : CIP2019008877)

노무현 대통령의

지붕 낮은 집

# 0 들어가며

# 1 상상 : 지붕 낮은 집

# 2 삶 : 일상의 공간

# 3

## 서사 : 공간의 시간

# 4

## 기억 : 사람의 인연

# 5

## 꿈 : 사람 사는 세상

놀러 오시면 고향 대신에 제가 여러분 고향이 될 수 있어요.
좀 멀기는 하지만 사람이 마음먹고 자연을 복원시키기 위해서
노력한 흔적이 함께 살아있는 그런 곳으로 한번 해보려고 해요.

— 노무현 대통령, 2008.05.04. 방문객 인사

# 시민 노무현을 만나는
# 충실하고 세심한 안내서

2018년 5월 봉하마을 노무현대통령의집(이하 대통령의집)이 시민들에게 문을 열었습니다. 성의를 다해 이 '지붕 낮은 집'을 해설하고 안내했지만 정해진 시간 탓에 깊이 있는 정보를 충분히 드리기에는 부족함이 있었습니다. 그래서 책을 만들었습니다. 이 책을 안내자 삼아 대통령의집을 둘러보시면 더 많은 것을 느낄 수 있으리라 믿습니다. 특히 뜻은 있어도 사정이 여의치 않아 오지 못하고 애태우시는 분들을 위해서 사진을 많이 넣으려고 노력했습니다.

맨 앞에 실은 유홍준 선생의 서문은 터를 물색할 때부터 완공까지, 대통령의집이 왜 이 자리에 이런 모습으로 들어섰는지 모든 과정을 일목요연하게 서술합니다. 안타깝게 고인이 되신 건축가 정기용 선생의 이야기도 대신해서 들려줍니다. 이 책을 기획하고 진행하는데 결정적 역할을 하신 큐레이터 김태현 선생의 서문은 대통령의집이 담고 있는 노무현 대통령의 꿈과 생각과 감정을 깊고 넓게 헤아립니다. 두 분의 글을 꼼꼼하게 읽으면 대통령의집이 한 걸음 가깝게 다가올 것입니다.

첫 장 '상상: 지붕 낮은 집'에서는 유홍준 선생이 다 전할 수 없었던 정기용 선생의 손길을 느낄 수 있습니다. 노무현 대통령 말씀과 정기용 선생의 스케치가 하나의 대화처럼 펼쳐집니다. 퇴임 후 삶에 관한 대통령의 구상이 예술적 상상력의 힘을 입어 대통령의집으로 실현된 과정을 살펴볼 수 있는 귀한 자료입니다.

다음 장인 '삶: 일상의 공간'에는 귀향을 결심한 이후 서거하실 때까지 노무현 대통령이 '지붕 낮은 집'에 관해서, 고향 마을에 대해서, 진영의 자연과 사람들에 대해서, 퇴임한 대통령의 삶에 대해서 남긴 말씀과 글을 엮어 사진과 함께 실었습니다. 대통령의집에서 일상을 보내시던 노무현 대통령의 목소리와 표정을 되살려 보기에 좋을 것이라 생각합니다.

3장 '서사: 공간의 시간'은 입구 골목과 대문에서 사랑채, 안뜰, 서재를 거쳐 중정과 지하층까지, 대통령의집이 품은 공간을 차례대로 보여 드립니다. 자연과 조화를 이루는 집에서 귀향한 시민으로 살아가려 한 노무현 대통령의 철학이 건축가 정기용 선생의 미학과 만나서 빚어낸 다양한 공간의 의미와 아름다움을 맛보시기 바랍니다.

4장 '기억: 사람의 인연'에는 친구, 참모, 조경전문가, 학예연구사, 기록연구사, 안내 자원봉사자 등 노무현 대통령과 인연을 맺었던 이들이 간직하고 있는 대통령에 대한 기억과 대통령의집에서 얻은 감정을 모아 기록했습니다. 추억과 애도가 아직 다 끝나지 않은 이 시점에 독자 여러분 각자의 마음에 노무현 대통령이 어떤 모습으로 들어와 있는지 더듬어 보시면 좋겠습니다.

마지막 장인 '꿈: 사람 사는 세상'은 우리 사회의 미래에 대해 노무현 대통령이 품었던 소망을 전해줍니다. 대통령의집 대문을 나서서 시민들과 얼굴 마주하고 가까이서 나누었던 이야기, 공부모임에서 옛 참모들에게 하신 말씀을 골랐습니다. 봉하마을 풍경의 자연스러운 일부가 된 대통령의집처럼, '서로 손잡고 더 나은 세상으로 나아가라'는 노무현 대통령 말씀은 깨어있고자 하는 모두의 꿈으로 변함없이 우리 안에 자리하고 있습니다.

노무현 대통령이 사람 사는 세상을 다녀가신 지 10년이 되었습니다. 강산이 바뀐다는 긴 세월이 흘렀어도 잊지 않고 사랑과 성원과 후원을 보내주시는 시민들께 마음 가장 깊은 곳에서 꺼낸 감사의 말씀을 드립니다. 대통령의집을 안내해설하며 노무현 대통령을 대신해 이 집을 찾은 손님들을 맞아주신 자원봉사자 여러분께도 살가운 고마움을 전합니다. 바다를 포기하지 않는 강물처럼, 어떤 강물도 거부하지 않는 바다처럼, 서로가 서로를 믿으며 힘과 지혜를 더해 사람 사는 세상으로 나아가려는 시민들에게 이 책이 작은 위로와 격려가 될 수 있기를 희망합니다.

2019년 3월
노무현재단 이사장 **유시민**

# '지붕 낮은 집'의
# 터를 찾아서

유홍준

전 문화재청장
현 봉하마을공간조성
위원회 위원장

## 1

문화재청의 국가문화재 관리에는 '미래유산'이라는 규정이 있다. 국가문화재로 지정하는 보물과 사적은 100년 이상 된 유물과 유적을 대상으로 하는 것이 원칙이지만 현재 시점에서도 중요하다고 여겨지는 경우 그 연수가 다소 모자라더라도 '미래유산'으로 지정하여 보호한다는 내용이다.

문화유산의 관점에서 보면 노무현 대통령의 '지붕 낮은 집'과 '대통령묘역'은 100년(지금부터는 90년) 후 '국가사적 제000호'로 지정될 미래의 문화유산이다. '국가사적' 혹은 '미래유산' 지정 개념을 넘어 현재의 문화유산이고, 미래의 문화유산이며, 동시에 과거의 문화유산인 것이다. 이런 예는 대한민국 문화유산 중 유일무이하다.

나는 노무현 대통령의 참여정부에서 3년 반 동안 문화재청장을 지냈다. 인수위 시절 구두 발령을 받은 것부터 치면 전 임기를 같이한 셈이다. 정확히 말하자면 문화재청장을 차관급 정무직으로 바꾸는 정부조직법이 국회를 통과하는데 1년이 걸렸고, 탄핵사건으로 인해 6개월이 더 지난 후에야 문화재청장에 취임할 수 있었다. 숭례문 화재사건에 책임을 지고 문화재청장에서 물러난 날은 노무현 대통령의 퇴임 보다 하루 전이었다.

그런데 이런 것도 운명이라고 해야 할까. 노무현 대통령 서거 후 나는 묘역을 조성하는 '작은비석건립위원회' 위원장을 맡았다. 묘역이 완성된 이후에는 현재까지 '봉하마을공간조성위원회' 위원장을 맡고 있으니 참여정부 문화재청장에서 아직도 해임되지 않은 것만 같다.

더욱이 지붕 낮은 집을 설계한 정기용 선생과 묘역을 설계한 승효상 건축가는 나의 오랜 선후배로 예술적 도반(道伴)이다. 두 건축가가 노무현 대통령과 인연을 맺게 된 것도 사실상 나를 통해서였다. 나는 문화재를 관리하는데 있어 기록은 아주 중요한 것이라고 생각한다. 그래서 승효상 선생에게 노무현 대통령의 묘역을 설계하는 전 과정을 책으로 기록하게 하여 〈노무현의 무덤(눌와, 2010)〉을 펴냈다. 정기용 선생이 살아 있으면 나는 당연히 〈지붕 낮은 집〉이라는 증언록을 펴내게 했을 것이다. 그러나 정기용 선생은 일찍 세상을 떠났고 나는 이렇게 그때의 일을 증언하고 있자니 살아생전 두 분의 모습이 떠오르며 코끝이 시려온다.

## 2

노무현 대통령이 관저로 나를 불러 저녁을 같이한 것이 서너 번이고, 집터를 물색하기 위해 함께 봉하마을에 내려온 것이 또 서너 번이다. 경복궁과 창덕궁, 그리고 백석동천을 답사하며 나눈 이야기도 있어 말의 순서와 날짜에 대한 기억은 확실하지 않지만 모든 일은 북악산 개방에서 시작되었다.

어느 날이었다. 정상문 당시 총무비서관이 전화를 걸어 이번 일요일 대통령께서 문화재청장과 산림청장 내외를 초청하여 북악산 등반 후 점심을 같이하고 싶어 하시는데 올 수 있겠냐고 물었다. 오라는 것이 아니라 날짜가 괜찮냐고 묻는 것이 노 대통령 스타일이었다. 조연환 당시 산림청장에게 물어보니 우리가 대통령과 북악산에 오른 날은 2005년 8월 21일이란다.

2007.04.05. —
북악산 전면 개방 기념행사에
참석한 노무현 대통령 내외와
유홍준 문화재청장

이후 나는 북악산 개방을 준비하게 됐는데 개방 범위를 놓고 청와대 경호실, 국방부와 이견이 있었다. 문화재청장 힘만으로 안 되겠다 싶어 문재인 당시 민정수석에게 서울성곽 현장을 함께 답사하며 이견을 조정해 달라고 했다. 문재인 민정수석과 만나기로 한 숙정문에 나는 문화재위원회 사적분과위원이었던 안병욱 교수와 정기용 건축가를 대동하였다. 이것이 정기용 선생과 노 대통령의 만남이 이루어지는 프롤로그이다.

그리고 또 어느 날이었다. 노 대통령으로부터 저녁을 함께하자는 소식이 왔다. 식사를 마치자 디저트와 함께 담배 두 개비, 그리고 재떨이가 나왔는데 이를 본 노 대통령이 '우리 청장님께도 재떨이를 드리라'고 하셨다. 이후 나는 대통령과 맞담배를 하게 되었고, 당시 나왔던 담배 대신 내가 즐겨 피우던 '클라우드나인 5밀리(mg)'를 권한 것이 이후 노무현 대통령의 담배가 되었다. 대통령은 담배를 피우며 느긋이 이렇게 말씀하셨다.

"나는 퇴임 후 시골로 가서 살려고 합니다. 가서 농민들과 어울려 농사를 짓고 살고 싶습니다. 마음 같아서는 지방 군수가 되어 지역사회 발전의

모범을 보여주고 싶은데 대통령을 지낸 사람은 군수는커녕 면장도 안 시
켜준다고 하니 내가 영농지도자가 되는 수밖에 없을 것 같습니다. 청장님
은 어떻게 생각하십니까?"

퇴임 후 낙향을 하신다는 생각이 놀랍고 반가웠다. 나는 기쁜 마음으로 대답했다.

"영농지도자도 서열이 있어서 쉽지는 않겠지만, 농민과 함께 사신다는 마
음을 꼭 지키시기 바랍니다."

"그러면 청장님 생각에 어디로 가면 좋겠습니까?"

"갑자기 떠오르는 곳은 없네요."

"청장님은 전국을 다 돌아다녀 보셨으니까 좋은 곳을 물색하여 추천할 만
한 곳이 있으면 꼭 연락을 주십시오."

## 3

얼마 뒤 청와대에서 다시 연락이 왔다. 대통령은 격려의 말로 저녁 식사 자리를
시작했다.

"문화재청 예산이 적어 일하시기 힘드시죠. 다른 장관은 만나 식사하면
결론이 예산 더 달라는 건데 청장님은 왜 그런 요구를 안 하십니까?"

"다른 부처에 비하면 많지는 않지만 절대 규모는 작지 않습니다. 일 년에
3천5백억 원이니 제가 3년 근무한다면 1조 원이 됩니다. 돈이 없어서 일
못하겠다는 말은 할 수 없습니다."

"그러면 뭐가 힘듭니까?"

"경복궁 입장료가 1천 원인 것은
말이 안 됩니다. 일본은 웬만한 유
적지가 1만 원이고 3만 원도 받습
니다. 입장료가 싸니까 문화재의
가치도 싼 줄 압니다. 나라의 품위
를 우리가 떨어트리고 있어요. 외
국의 예를 섬세하게 비교해 보니
그 나라 영화관 입장료와 비슷하

2005.08.20. —
경복궁 내 국립고궁박물관을
찾은 노무현 대통령 내외와
유홍준 문화재청장

더군요. 우리나라 고궁 입장료도 5천 원이 적정가이고 최소 3천 원은 되어야 합니다."

"그걸 왜 문화재청장이 마음대로 결정 못합니까?"

"재경부가 허락해주지 않습니다."

"왜 재경부가 통제합니까?"

"물가지표에 있답니다."

"그러면 물가지표에서 빼버리면 되겠네요."

노무현 대통령은 이처럼 사리를 복잡하게 생각하지 않고 단순 명료하게 판단하는 분이었다. 그 솔직담백함은 누구도 따르기 힘든 분이었다. 이후 확인해보니, 물가지표에서는 이미 빠져있고 물가통계 자료로만 남아 있었다. 경복궁 입장료가 3천 원으로 인상된 과정이다.

노 대통령이 낙향 문제를 언급했다.

"제가 퇴임 후 어디로 가면 좋은지 생각해 보셨습니까?"

"……"

"바쁘셔서 아직 못 찾아보셨나 보죠."

"아닙니다……."

평소 나답지 않게 머뭇거리고 대답을 하지 못하니까 대통령은 내 말을 끄집어내려고 계속 질문을 이어갔다.

"어떤 사람은 평창이 좋다고 하고, 어떤 사람은 논산이 좋다고 하던데요."

"대통령께서 말씀이 있으셔서 물색을 해보기는 했습니다. 저는 자꾸 경주, 공주, 부여 등 문화유산이 있는 곳만 떠올라 권할 만한 곳이 없었습니다."

그러고 나서 나는 피우던 담배를 끈 뒤 자세를 고치고 정중히 말씀드렸다.

"솔직히 제 생각을 말씀드리자면 고향으로 가십시오. 고향이 있는 분이 왜 다른 곳을 찾으십니까. 고향을 놔두고 다른 곳으로 가면 고향사람들이 뭐라고 하겠습니까. 고향을 버렸다고 할 것 아닙니까. 그리고 다른 곳으로 가면 그곳 군수는 좋아하겠지만 그 동네 사람들이 꼭 좋아하지만은 않을 겁니다. 동네에 생기는 것도 없이 시끄러워지기만 했다고 하면 어떻게 하실 겁니까. 고향으로 가야 영농지도자도 될 수 있습니다."

"……"

나의 논리 또한 간단하고 담백한 것이었다. 내 말이 끝나고도 한참 후 노 대통령은 담배를 피워 물고는 이렇게 말씀하셨다.

"그런 생각은 안 해보았는데. 전직대통령이 간다는 것은 그 지역민의 부담이기도 하겠네요. 고향사람들에게도 그렇고."

4 ————

그리고 또 얼마 후 청와대에 들어가 노 대통령과 저녁 식사를 함께했다.

"청장님 말씀대로 고향으로 가기로 했습니다. 봉하마을에 내가 살던 집은 남의 집이 되었지만 형님이 갖고 계신 땅도 좀 있고 아직 아는 사람이 많으니 그리 어렵지 않을 겁니다. 그렇게 생각하니 마음이 후련하고 낙향할 생각이 훤히 떠오릅니다."

"잘하셨습니다."

"그 대신 청장님께 드릴 말씀이 있습니다. 내가 본래 고향에 간다는 생각이 아주 없었던 것은 아닙니다. 다만 그 지역에 힘을 실어주려는 생각이었습니다. 내가 그곳에 가면 아무튼 화제도 되고 사람들도 찾아오고 해서 지역활성화에 도움이 될 거라고만 생각했던 것입니다. 그런데 청장님 말씀 듣고 보니 고향으로 가는 것이 맞을 것 같습니다. 나는 청장님 말씀대로 고향으로 갈 테니 청장님은 퇴임 후 시골로 낙향하십시오. 청장님처럼 홀로서기가 되는 분은 서울에 있지 말고 시골로 가서 좋은 책을 많이 쓰십시오."

그리고는 참여정부 국정운영에 대한 평소 생각을 이야기하시는데, 한 해 전 내가 청장으로 부임한 지 얼마 안 됐을 무렵 창덕궁 가을 단풍을 함께 감상하다가 존덕정에서 하신 말씀을 토씨 하나 틀리지 않게 하셔서 조금 놀랐다. 이것이야말로 대통령의 뼛속까지 사무친 진심이라는 생각이 들었기 때문이다.

> "저는 특권과 반칙이 없는 사회 만들기를 기조로 삼고 있습니다. 그래서 임기 동안 해낼 네 가지 과제를 세웠습니다. 첫째는 정경유착 근절입니다. 난 재벌들에게 돈 안 받겠다고 했습니다. 둘째는 지방분권입니다. 지방에 힘을 실어주어야 합니다. 셋째는 영호남 갈등 해소입니다. 이를 위해서라면 뭐든 야당에 양보할 생각입니다. 넷째는 권력기관의 힘을 빼는 것입니다. 국민이 위압을 느끼지 않아야 편안한 세상이 됩니다."

창덕궁에서는 내가 어디까지가 권력기관이냐고 질문하였을 때 노 대통령은 검찰청, 경찰청, 국정원, 언론기관 등을 꼽으면서 '한마디로 전화 와서 받았을 때 기분 나쁜 곳은 다 권력기관'이라는 명언을 하신 바 있다.

대통령의 말씀을 다 듣고 나서 나는 평소 낙향할 생각이 있음을 말씀드렸다.

> "그러겠습니다. 청장 퇴임 후에는 학교로 돌아가 학생들 가르치다가 정년 퇴임 후에는 시골로 낙향할 생각이었는데, 이제부터라도 제2의 고향을 정해 자리 잡을 준비를 하겠습니다."

> "아, 그러실 생각이 있으셨으면 되도록 외딴 섬으로 가시는 게 좋겠습니다. 그러면 독자들이 찾아올 것이고 답사도 올 것 아닙니까. 그렇게 해서 섬 하나를 명소로 만드십시오."

아이쿠머니! 지방으로 가면 됐지, 외딴 섬까지 보내 유배객으로 살란 말씀인가 싶었다. 이후 나는 돌담길이 문화재로 지정된 부여군 외산면 반교마을 안쪽에 터를 잡아 '휴휴당(休休堂)'이라는 작은 집을 짓고 5도2촌 – 도시에 닷새, 시골에 이틀 지내는 삶을 살고 있다. 노 대통령은 내가 지은 휴휴당 사진을 보고 문기(文氣) 있어 보인다며 한번 가보고 싶다 하셨는데 결국 그러지 못한 채 세상을 떠나셨다.

## 5

그러고 얼마 안 되어 정상문 총무비서관에게서 다시 연락이 왔다. 노 대통령께서 2주 후 토요일에 진영 봉하마을로 집터를 보러 가시는데 오전에는 일이 있으니 오후에 만나자고 하셨다는 것이다.

그때까지 나는 봉하마을 뿐만 아니라 진영에도 가 본 적이 없었다. 그저 단감의 고장이라는 정도만 알았다. 진영은 김해시에서 북서쪽으로 밀양, 창원과 맞닿은 곳에 위치해 있다. 본래 지리상으로 시군의 경계를 이루는 면은 오지 중의 오지이다. 그래서 봉황동 금관가야 고분군과 김수로왕릉이 있는 김해 시내에는 몇 번 가 본 적이 있었지만 진영까지는 발길이 닿지 않았던 것이다.

노 대통령을 만나기 전에 봉하마을을 가보는 것이 좋을 것 같아 진영 가까이 있는 문화재청 산하 기관인 국립가야문화재연구소에 초도순시를 겸해 내려가 보기로 했다. 국립가야문화재연구소는 창원에 있기 때문에 창원문화재연구소라고 부르던 것을 내가 청장이 되면서 연구소 기능에 맞추어 가야문화재연구소로 명칭을 바꾼 바 있다.

지병목 당시 연구소장에게 진영에 가는 사연을 조용히 이야기하고 이 지역 문화재 실태를 알아봐 달라고 했더니 뜻밖에도 봉화산에 경상남도 유형문화재 제40호로 지정된 고려시대의 마애불상이 있고, 산 정상에는 봉화대 터가 남아 있다는 이야기가 돌아왔다.

그렇다면 '봉하마을'은 분명 '봉화마을'이 와전되었다는 생각이 들었다. 그러나 이 산골 동네의 이름에 관한 기록은 어디에도 나오지 않았다. 어쩌면 이렇게 생각할 수 있다. 봉화마을이라고 부르는 것이 타당하지만, 마을 이름을 '봉화, 봉화'라 부를 수 없어 '봉화산 아래에 있는 마을'이라는 뜻으로 '봉하마을'이 되었지 싶다.

아무튼 봉화산에 올라가면서 중턱에 있는 고려시대 마애불을 보니 길가에 쓰러진 지 오래되었다. 누가 보아도 문화재라는 존경심은커녕 관리 부실이 역력했다. 봉화대가 있던 자리에 올라보니 봉화대는 사라진지 오래되었고 다만 주초석 자리만은 명확했다. 이후 마애불상의 원위치 복구와 봉화대 복원을 지시하여 우여곡절 끝에 현재의 모습이 되었다.

봉화대에서 내려다보이는 경관은 참으로 통쾌할 정도로 시원했다. 오른쪽으로는 육중한 사자바위를 둘러싼 산세가 자못 웅장한 느낌을 주는데, 그 아래로 포근히 자리 잡은 봉하마을 앞으로는 가느다란 내가 흐르고 그 너머 남쪽에는 낮은 산자락이 마냥 길게 뻗어나간다. 산은 온통 단감나무 밭을 이루고 있었고 산자락 동쪽 끝으로는 화포천 습지가 끝이 가물거릴 정도로 아련히 펼쳐져 있다. 풍수상 길지, 명당이라는 요소들이 고루 갖추어져 있어 보였다.

산에서 내려와 봉하마을에 있는 노 대통령의 둘째 형님 댁으로 찾아가니 반갑게 맞아주시면서 다음 주에 내려온다는 전갈을 받았다고 한다. 차를 마시고 나오는데 대문 옆에 큰 닭장이 있었다. 닭이 어디 있나 아래쪽을 두리번거리면서 찾고 있으니 형님께서 위쪽을 가리키며 금계(金鷄)를 보라고 한다. 마치 공작새처럼 크고 잘 생긴 것이 신비로웠다. 어디에서 구했냐고 물으니 어딘가에서 한 마리가 날아왔다고 한다. 그리고 얼마 안 되어 또 한 마리가 날아와 한 쌍이 함께하게 되었는데 그 후에 아우 노무현이 대통령이 되었다는 이야기를 들려주었다. 나중에도 봉하마을에 갈 때면 이 금계를 보기 위해 형님 댁에 들려보곤 했는데 지금도 잘 있는지 모르겠다.

## 6

노 대통령과의 봉하마을 둘러보기는
생가 앞에서 시작되었다. 정확한 기억
은 아니지만 수행원, 경호원을 포함해
수십 명이 동행하였다. 길 안내는 노건
평 형님이 하셨다. 노 대통령은 생가 매
입이 원활치 않다면서 처음에는 이 집
을 다시 사면 그대로 단장하고 방에다
'횃대'나 하나 걸어놓고 싶다고 했다.
아마도 어렸을 때 부잣집에 놀러 가면

사랑채 주인이 횃대에 두루마기를 걸쳐놓은 것이 보기 좋았던 모양이다. 그래
서 요즘 고미술상에 가면 횃대가 나전칠기에서 대나무까지 종류별로 나온다
고 하니 나무를 모깎기한 참한 물건이 있으면 구해달라고 하셨다. 훗날 내가 구
해 드린 횃대가 지금 노무현 대통령의 생가 방안에 그대로 걸려 있다.

우리는 쓰러진 고려시대 마애불이 있는 산길로 해서 도적굴 혹은 도덕굴이
라고도 불리는 곳까지 들렀다가 절집 한쪽에 있는 호미를 들고 있는 보살상도
본 뒤 봉화대 터에서 한숨 돌리고 내려왔다. 가는 길에 노 대통령이 형님과 옛이
야기도 하고 요즘 나무 심은 이야기도 하는데 동생은 형님에 대한 고마움과 존
경의 뜻이 확연했고, 형은 동생에 대한 배려가 역력해 보였다. 내 또래 중에는
6남매, 7남매 가정에서 자신의 삶을 포기하고 노동에 나서 동생들을 가르친 맏
이들을 많이 볼 수 있는데 이 형제도 그러했을 것을 능히 짐작할 수 있었다.

산에서 내려와 저수지도 올라가 보고 큰길로 나와 봉화대 높은 바위 아래 있
는 곳, 지금의 묘역에서 행길을 따라 돌무지로 둘러싸인 밭떼기에 이르렀다. 전
부터 형님이 가지고 있던 땅이라고 했다. 노 대통령이 이 자리가 집터로 어떤지
물었다. 나는 아무 생각 없이 즉흥적으로 느낀 바를 말씀드렸다.

　"이 자리는 집터가 아닙니다."

노 대통령은 의아하다는 표정을 지으며 왜 아니냐고 물었다.

　"뒷산이 너무 가까이 붙어 있어 기세에 눌려 사람이 기를 펴기 힘들 겁니
　다. 그리고 도로변에 있어 한데에 나앉은 것이기 때문에 아늑하게 감싸주
　는 맛이 없습니다."

　"그래요……."

이 말이 문제가 되었다. 사실 노 대통령은 형님의 이 땅을 내심 집터로 삼고 그

걸 현장 확인 차 왔던 것이었다. 그러나 내가 이렇게 강하게 나오는 바람에 문제가 복잡해졌다. 훗날 정상문 총무비서관에게 들은 바에 의하면 노 대통령이 유 청장 말이 맞는지 풍수전문가에게 확인해보라고 했는데 그 역시 나와 똑같은 말을 했다고 한다. 그러면서 유 청장이 풍수를 언제 배웠는지 물어보라고 했다고 해서 나는 그냥 느낀 감정을 얘기했을 뿐이라고 대답했다.

# 7 ———

이리하여 노 대통령의 새 집터 찾기는 원점에서 다시 시작됐고, 결국 지금의 '지붕 낮은 집' 자리를 매입하는 것으로 결정되었다. 집 설계는 정기용 선생이 맡게 되었다. 많은 사람들이 내가 정기용 선생을 추천한 것으로 알고 있지만 그 앞뒤가 다르다. 노 대통령은 여러 건축가를 염두에 두고 계시다 마지막에 나에게 확인이라도 하듯 "정기용 건축가는 어떤 분입니까?"라고 물으셨다. 이에 내가 아는 정기용에 대해 이렇게 말씀드렸다.

> "이 분은 저보다 4년 선배로, 미술대학을 나와 프랑스에 가서 건축 공부를 하고 80년대 초에 돌아와 처음 펴낸 책이 흙집에 관한 것이었습니다. 당시는 친환경이라는 말이 익숙지 않은 시절이었는데 이때부터 벌써 자연친화적 건축, 인간의 살냄새가 나는 건축을 지향하신 분입니다. 제가 추천해서 강남에 있는 코리아나 본사 9층짜리 신사옥을 설계했는데 자연생태를 건물 안으로 끌어들여 밖에서 보면 유리창 안으로 나무와 풀이 보이고 옥상은 완전히 정원입니다. 그리고 전라도 무주에 흙을 소재로 한 건물을 만들어 무주라는 곳을 친환경 건축의 고장으로 만들었습니다. 성격이 서글서글해서 정이 금방 붙는 분입니다."

내가 정기용 건축가를 이야기한 것은 여기까지였다. 그러니까 '지붕 낮은 집'을 설계할 건축가를 정기용 선생으로 지목한 것은 노 대통령이었고 나는 공증을 섰던 셈이다. 그리고 어느 날 이번에는 정기용 선생이 내게 '지붕 낮은 집'을 설계하게 됐다며 이렇게 말했다.

> "노 대통령이 여간 섬세한 분이 아니어서 목욕탕의 창문 높이, 침대에서 일어났을 때 앞 벽까지의 거리, 이런 것을 다 계산하고 물으시더군요. 아무튼 클라이언트로 좋은 상대를 만나 열심히 신나게 그리고 있어요."

그런가하면 노 대통령은 또 정기
용 선생을 이렇게 말하셨다.

"나는 정 선생이 흙집을 다루
어서 소탈한 분인 줄로만 알
았는데 설계를 아주 꼼꼼히
하는 섬세한 분이더군요. 뭘
그렇게 시시콜콜한 걸 다 물
어보는지 모르겠어요. 그리
고 정 선생은 화포천을 보고
좋아 펄쩍 뛰며 이것이 봉하
마을의 귀중한 관광자원이 된다고 하는데 도대체 습지에 어떻게 들어가
구경한다는 겁니까?"

2008.09.04. ─
노무현대통령의집을
방문한 정기용 건축가와
대화하는 노무현 대통령

"독일 뒤셀도르프에 유명한 습지공원이 있어서 한 번 가보았는데 데크로
산책로와 전시장, 회의장 등을 연결해 놓은 것이 아주 호젓한 분위기가
있어 편안히 쉬려는 사람의 낙원 같았습니다."

"아! 데크를 놓으면 되는 것이군요. 정기용 선생 때문에 건축과 환경에 대
해 많이 배우고 있어요."

건축가와 클라이언트의 호흡이 그렇게 잘 맞았다. 전직 대통령이 생활하는 공
간이자 찾아오는 손님도 많고 영농지도자로서 사람들을 많이 만나는 복잡한
집을 지으면서도 '지붕 낮은 집'이라는 콘셉트로 겸손을 유지하는 한편, 공간을
유기적으로 분할하고 연결하는 건축적 배려가 돋보이는 '사람 사는 집'을 만들
었다.
   이 집은 정원 또한 일품이다. 설계할 때부터 서안조경의 정영선 소장과 함께
해 노 대통령의 취향을 고려하면서 따뜻한 남쪽이 갖고 있는 이점을 살려 석류
나무, 먼나무, 남천과 같은 아름다운 꽃나무를 여기저기 배치한 것이 여간 사람
을 기쁘게 하는 것이 아니다.

## 8

이후에도 나는 봉하마을에 여러 번 더 다녀왔다. 노 대통령이 정기용 선생, 정
영선 소장과 함께 나를 불러 봉하마을과 봉화산을 두루 돌아보고, 권양숙 여사
까지 봉화대에 둥그렇게 모여 즐거운 대화를 나눈 것은 녹음 기록으로 남아 있
어 그때의 일을 생생히 증언하고 있다. 마지막으로 노 대통령과 함께 봉하마을
에 다녀올 때는 대통령 전용 KTX열차를 이용했는데 오가며 많은 대화를 나누

2008.06.19. ── 봉화산 사자바위에서 내려다 본 봉하마을

었다. 청도-경산을 지날 때 나는 대통령에게 창밖 풍경을 바라보면서 이렇게
말했다.

> "이곳 산비탈은 온통 복숭아와 청도 반시 감나무 밭으로 되어 있어요. 영
> 남대에 11년간 근무하면서 해마다 그 꽃구경과 단풍구경한 것이 큰 추억
> 으로 되었습니다. '살구꽃 핀 마을은 어디나 고향 같다'는 시를 쓴 이호우
> 시인이 이곳 청도 출신입니다."

그러자 노 대통령은 차창 밖을 물끄러미 바라보시다가 화제를 돌려 이런 말씀
을 하셨다.

> "내 집은 이렇게 짓지만, 노사모 회원들이 찾아오면 국수라도 끓여 먹일
> 공간은 또 어떻게든 마련해야겠지요. 아직도 일이 많구먼."

내가 노 대통령의 목소리로 들은 마지막 말이었다.

그렇게 '지붕 낮은 집'은 지어졌고, 이듬해 노무현 대통령은 봉하마을에 잠들었
다. 정기용 선생 역시 〈말하는 건축가(감독 정재은, 2012 개봉)〉라는 영화를 남
기고 2011년 대장암으로 세상을 떠났다. 이후 봉하마을의 모든 일 - 묘역 설계,
생태공원 설계, 화포천 습지공원, 대통령기념관 등은 남아 있는 자의 몫이 되었
다. 나는 봉하마을공간조성위원회 위원장으로 승효상 선생, 정영선 소장과 함
께 100년 뒤 문화재로 지정될 '미래유산'을 여전히 정비하고 관리하고 있다.
   어떤 때는 아직도 참여정부 문화재청장으로서 내 임기가 끝나지 않았다는
생각이 들 때도 있다. 봉하마을에 갈 때마다 그런 생각을 지울 수 없다. 서울에
있을 때도 노 대통령이 아직 곁에 계신 것만 같은 기분이 든다. 결국 노무현 대
통령은 '지붕 낮은 집'이라는 건축과 함께 영원히 살아있는 것이다.

# 삶과 서사,
# 그리고 기억의 풍경

**김태현**
큐레이터

## 1 ——————— 어느 여름 봉하 풍경

몇 해 전 처음 봉하마을에 내려갔을 때 나와 일행을 맞이해 준 것은 눈이 부시도록 화창한 날씨였다. 노무현재단 초청으로 진행된 이날 일정의 목적은 노무현 대통령의집을 꼼꼼히 둘러보는 것이었고, 우리의 역할은 본격적인 개방을 위해 재단에서는 무엇을 준비해야 할지 의견을 정리해 주는 일이었다. 아침 일찍 서울역에 모여 시작한 여정은 종일 해맑은 날씨와 함께 했다.

어쩌면 기억의 왜곡일지도 모르겠지만, 노무현 대통령에 대한 기억은 언제나 밝은 날씨와 함께 한다. 투표독려 전화에 고군분투했던 제16대 대통령 선거일에 대한 기억도 그렇고, 대통령 취임식이

2016.08.05. —
봉하마을을 방문하기 위해
서울역에서 KTX를 타고
도착한 진영역

열리던 그 겨울 날씨도 그러했다. 헌법재판소에서 노무현 대통령에 대한 탄핵 소추안을 최종적으로 기각했던 5월의 하늘도 눈이 부셨던 것 같다.

심지어 봉하마을로부터 황망한 소식이 들려 온 그날의 날씨도 원망스러울 정도로 맑았던 것 같고, 아주 작은 비석, 너럭바위 아래 잠드신 날도 내 기억 속에는 비현실적으로 화창했던 것 같다. 이렇게 날씨와 함께 기억에 남아 있는 사람은 노무현 대통령이 유일하다.

노무현 대통령을 실제로 만나 본 적은 없다. 김대중 대통령은 퇴임하신 후 내가 기획했던 전시에 오신 적이 있고 문재인 대통령은 민주당 대표 시절 어떤 행사장에서 우연히 인사하며 지나친 적은 있지만, 노무현 대통령은 먼 거리에서조차 대면해 보질 못했다.

나는 아직도 노무현 대통령이 돌아가신 게 실감나지 않는다. 그의 부재는 이해 가는데 비해 그의 죽음에서는 현실감을 느끼기 힘들다. 장례식 장면보다는 김대중 대통령의 "몸의 반이 무너진 것 같다"는 말에서 노무현 대통령의 갑작스러운 서거가 더 절실하게 느껴지기도 했다. 그것은 아마도 내가 아직 그를 보

내줄 준비가 되어 있지 않았기 때문일지도 모른다.

8월의 어느 맑은 날 봉하마을에는 사람들이 많이 모여 있었다. 방학을 맞아 부모와 함께 온 아이들부터 다정히 손잡고 걸어가는 연인들까지, 친구들끼리 시내버스를 타고 온 사람들부터 전세버스에서 우르르 쏟아져 내리는 관광객들까지 다양한 모습이었다.

이날 처음 찾아 간 노무현 대통령묘역의 분위기는 엄숙하지만 무겁지는 않았다. 봉화산에서 들려오는 새들의 지저귐과 바로 옆 잔디밭에서 전해지는 아이들 웃고 떠드는 소리가 잔잔한 하모니를 이루며 묘역 가득 담겨 있었다. 어른들의 진지함과 아이들의 명랑함이 그곳에 공존하는 이유는 봉하마을을 찾는 우리들의 마음이 그러하기 때문일 것이다.

묘역에서 나와 작은 사거리에 서면 정면에 노무현대통령의집으로 올라가는 입구가 보인다. 대나무 숲과 돌담 사이로 난 작은 길을 따라 걷다보면 낮은 대문을 만나게 된다. 이 길 중간에는 노무현 대통령께서 봉하마을을 찾은 시민과 만나던 장소도 있다. 대문에 들어서면 정면에는 차고가, 오른편에는 사랑채 안뜰로 갈 수 있는 작은 비탈이 자리 잡고 있다. 차고와 비탈길 사이에는 중정 현관으로 바로 올라갈 수 있는 돌로 만든 계단이 놓여 있다. 사진에서만 봤던 아주 익숙한 노무현대통령의집이 그곳에 있었다.

## 2 ———— 기억과 장소

많은 이들로 북적이던 봉하마을과 달리 상시 개방을 앞둔 노무현대통령의집은 오랜 기간 사람의 발길이 닿지 않았던 장소라는 걸 쉽게 눈치 챌 수 있을 정도로 고요했다. 그럼에도 살뜰한 관리 덕분에 깨끗하고 단정한 모습이었다.

푸르름이 짙어지던 계절답게 마당 잔디와 정원의 풀잎, 담장의 소나무는 반짝이고 있었고, 뒷산에서 내려오는 바람은 채와 채 사이 회랑을 따라 조용히 흐르고 있었다. 우리를 안내해주던 노무현재단 직원의 낭랑한 목소리와 간간이 들려오던 새소리만이 공간의 적막한 틈을 비집고 들어왔다.

세상의 모든 공간에는 사람들의 다양한 기억과 사연이 차곡차곡 스며있다. 공간의 쓰임새가 변화하면 예전과는 다른 새로운 사람들이 찾아오고, 그들에

의해 공간에는 또 다른 모습의 기억과 추억이 쌓이게 된다. 초등학생 시절 학교 앞 떡볶이 집에 대한 기억은 그곳이 지금 편의점으로 변했다 할지라도 완전히 사라지는 게 아니다. 오히려 그 가게에 대한 기억의 의미는 확장되기 마련이다. 지은 지 이제 10년이 조금 넘은 노무현대통령의집도 마찬가지다. 이 집에는 노무현 대통령과 우리가 함께 만들어 온 '세 가지 기억'의 층위가 차곡차곡 쌓여 있다.

첫 번째 기억은 노무현 대통령이 퇴임 후 고향에 내려 온 날부터 서거까지, 약 1년 남짓의 시간동안 이 집에서 일어났던 다양한 사건과 사연에 대한 것이다. 노무현 대통령에게 이 집은 새로운 꿈을 위한 베이스캠프였고, 다양한 사람들이 수시로 이곳을 들락거렸다.

담장 아래서 "대통령님 나와주세요"를 외쳤던 시민들부터 봉하들판에 오리농법을 도입하고 화포천을 정화하는 일을 논의하러 온 사람들, 진보적 민주주의를 함께 연구했던 참모들과 오랜 시간 우정을 나눴던 친구들, 심지어 기록물을 '회수'하겠다며 찾아온 이들까지, 모두 이 시기 동안 노무현대통령의집을 찾아 온 사람들이었다. 이 모든 기억은 기록이 되어 디지털 아카이브인 온라인 노무현사료관(http://archives.knowhow.or.kr)에 남아 있다.

두 번째 기억은 노무현 대통령 서거 후부터 시민 개방이 시작되기 전까지, 9년에 가까운 '상실의 시간'에 대한 것이다. 노무현 대통령과 함께하지 못했다는, 지켜주지 못했다는 우리의 회한과 분노, 그리고 슬픔의 기억이 서려 있던

시기다. 주인을 잃은 집은 사람의 온기를 빼앗긴 공간이 되었다. 관리를 잘 받았기에 집 안의 식물은 생기를 잃지 않았고 건물은 그 모양새를 유지할 수 있었지만, 시간이 멈춰진 공간 대부분 그러하듯 이 시기 노무현대통령의집은 어쩔 수 없는 쓸쓸함을 간직하고 있었다. 처음 내가 이 집에서 마주쳤던 모습은 바로 이 두 번째 기억의 층위가 만들어 낸 풍경이었다.

세 번째 기억은 노무현대통령의집 상시개방과 함께 시작한다. 노무현 대통령은 처음 이 집을 설계할 때부터 언젠가에는 시민들에게 돌려줄 계획이었다고 한다. 이러한 노무현 대통령의 생각은 설계부터 반영되었다. 비를 맞지 않고도 집 안을 둘러 볼 수 있도록 길게 내려온 회랑의 지붕이 대표적인 사례이다.

해설사의 안내를 따라 노무현대통령의집을 둘러보다 보면 집 안 곳곳에서 앞서 말한 첫 번째 기억과 두 번째 기억을 자연스럽게 마주치게 된다. 그렇게 불현듯 만난 옛 기억을 따라 시민들은 노무현 대통령의 못다 이룬 꿈을 상상하기

도 하고, 그의 존재를 그리워하기도 한다. 이러한 상상과 그리움은 이 집에 대한 세 번째 기억으로 시민들 가슴 속에 남게 될 것이다.

## 3 ——————— 장소와 기록

'장소'는 다양한 기억이 쌓여 만들어진 공간을 말한다. 사람들의 의미 있는 행동은 기억의 축적을 통해 공간을 장소로 변화시키고, 장소는 사람들의 새로운 기억을 재생하고 확인하는 증거적 공간이 된다. 장소는 역사적 의미에 대한 적극적 상호작용을 거쳐 상징으로 전환하기도 한다. 이러한 역사적 장소의 상징성은 다양한 세부 공간들의 기호작용을 통해 완성되고 강화된다. 그래서 장소는 한 시대를 관통하는 문화적이고 역사적인 개념이다.

세상의 모든 공간은 서로 다른 가치를 지니고 있다. 어느 관점에서 보느냐에 따라 의미와 가치는 다르게 해석되기도 한다. 자본주의적 관점에서 보면 공간은 시장을 통해 동산과 부동산으로 재현되며, 거래를 통해 의미를 확정한다. 역사적 관점에서 공간은 다양한 사건에 대한 기억의 재현과 담론적 해석을 통해 완성된다. 촛불혁명의 무대였던 광화문광장이 다양한 사람들의 새로운 기억을 차곡차곡 쌓아 역사적 의미로 충만한 장소가 되었듯이 말이다.

봉하마을과 노무현대통령의집도 그렇다. 봉하마을은 노무현 대통령의 귀향으로 새로운 의미를 생성하고 축적하기 시작했다. 퇴임한 대통령의 꿈이 펼쳐질 새로운 마을이란 의미가 추가된 것이다. 그 첫 모습은 노무현대통령의집을 상상하고 설계하면서 조금씩 드러났다. 이후 10여 년의 시간이 지나면서 봉하마을에는 노무현 대통령과 관련된 다양한 시설들이 들어섰고, 그에 따른 사람들의 기억이 마을 곳곳에 뿌리내렸다.

봉하마을에는 '노무현 대통령 기억공간'이라 말할 수 있는 대통령묘역과 생가, 대통령의집, 마옥당, 대통령의 길 등이 있고, 이와 관련된 '문화시설'로 생태문화공원, 강금원기념 봉하연수원, 대통령기념관(2020년 개관 예정) 등이 있으며, 방문객을 위한 '편의시설'로 주차장과 봉하마을안내소, 봉하장터, 봉하쉼터 등이 있다.

봉하마을 변화의 중심에는 언제나 노무현대통령의집이 있었다. 이 집에서 노무현 대통령은 마을을 변화시킬 수 있는 상상과 토론을 때로는 유쾌하게, 때로는 격렬하게 펼쳤다. 모든 논의와 계획이 무르익고 준비가 완료되면 노무현 대통령과 사람들은 봉하마을 이곳저곳을 다니며 부족한 부분을 채우고 잘못된

2008.06.08. —
복무를 마치고 전역하는
전경들의 거수경례에
고개 숙여 답례하는
노무현 대통령

곳은 고치며, 필요한 것은 새롭게 만들어 나갔다. 이렇게 준비하고 실행한 대표적인 사업이 봉하들판 오리농법 도입과 봉화산 장군차밭 가꾸기, 그리고 화포천 정화다.

노무현대통령의집은 소유자를 중심으로 국가 소유구역과 개인 소유구역으로 구분된다. 전직대통령은 법률에 따라 필요한 기간 국가로부터 경호와 비서 업무를 지원받는데 이를 위한 시설은 국가 소유구역에, 대통령 내외와 가족이 일상생활을 영위할 공간은 개인 소유구역에 따로 마련된다. 대부분의 전직대통령은 이 둘을 별도 공간에 뒀던 게 일반적인 관례였다. 하지만 노무현 대통령은 비서와 경호원의 편의, 업무 효율을 고려하여 하나의 건축물 안에서 공존하도록 노무현대통령의집을 설계하였다. 대통령의 업무공간과 비서실, 경호실을 대통령 내외가 거주하는 안채와 바로 연결되도록 구성한 설계는 이 집의 도드라진 특징 중 하나다.

공간을 중심으로 노무현대통령의집을 구분하면 채 나눔 구조로 지어진 건축물과 봉화산의 흐름을 이어 받은 야외 마당 등으로 나눌 수 있다. 건축물은 다시 지하 1층과 지상 1층으로 구분된다. 지하에는 차고와 보일러실, 창고 등이 있는데, 현재 노무현대통령의집에서 유일하게 공간이 변경된 곳이기도 하다. 보존 환경 개선을 위한 보강공사를 통해 노무현 대통령의 개인 기록물을 보존하는 수장고가 자리 잡았다. 지상은 노무현 대통령의 주요 업무와 일상이 전개되던 곳으로 서재와 사랑채, 안채, 비서실, 야외 공간 등이 있다. 수장고가 있는 지하 공간은 '기록의 공간', 지상은 '기억의 공간'이라는 점에서 노무현대통령의집은 기록과 기억이 공존하는 장소라고 할 수 있다.

이 모든 공간과 기억은 기록물로 남아 있다. 먼저 건축가 정기용 선생이 그린 노무현대통령의집 건축 스케치가 48건 존재한다. 노무현대통령의집은 건축주인 노무현 대통령의 철학과 건축가인 정기용 선생님의 미학이 만나 완성된 작품이다. 이런 점에서 48점의 건축 스케치는 노무현대통령의집을 함께 상상했던 두 분의 공동 기록물로 평가할 수 있다.

두 번째 기록물은 노무현대통령의집 건축 현장을 방문한 대통령 내외분의 모습이 담긴 사진 660여 건이다. 네 번에 걸친 건축 현장 방문 모습이 담겨 있어 건축 과정을 확인해 볼 수 있다.

세 번째 기록은 노무현 대통령이 이 집에 입주한 이후의 것으로 노무현대통령의집 세부 공간을 배경으로 촬영한 473여 건의 사진들이다. 이 사진들은 노무현 대통령이 퇴임 후 봉하마을로 내려와 노무현대통령의집에 입주하는 모습에서부터 시민들을 만나 연설하는 모습, 서재에서 인터뷰하는 모습, 사랑채에서 외부 손님들을 맞이하는 모습, 앞마당에서 마을사람들과 함께 집들이를 하는 모습 등이 담겨 있다.

위의 기록물들이 노무현대통령의집에 대한 첫 번째 기억을 기록한 것이라면 두 번째 기억에 대한 기록, 즉 노무현 대통령 서거 후의 기록은 최근 진행되었다. 어떻게 기록으로 남길 것인가에 대한 고민이 이 집을 처음 찾은 날부터 시작되었다. 그 낯설고 고요한 풍경을 하나도 빠짐없이 높은 수준으로 기록하기 위한 방법을 모색했으며, 다양한 매체가 복합적인 보완관계를 맺을 수 있도록 했다. 그 결과 현재 7,500여 건의 사진과 8건의 기억 영상인터뷰, 104개 지점에서 촬영한 3D VR(Virtual Reality), 20개 버드 아이 레벨(Bird Eye Level)에서의 드론 VR 등이 기록되었다. 시민 개방 이후 방문한 시민의 모습을 기록한 사진도 지금까지 약 680여 건 촬영되었다.

앞서 말했듯이, '장소'는 물리적 공간 위에 역사적 시간이 쌓여 형성된 개념이다. 인간의 활동과 개입을 통해 시간과 공간의 개념이 통합된 사회적이고 문화적이며 역사적인 곳을 말한다. 일반적으로 사람들은 '장소'라는 물리적인 개념을 기반으로 세상의 정보와 지식을 소통한다.

노무현 대통령을 기억하고자 하는 사람들이 봉하마을과 노무현대통령의집과 같은 역사적 장소를 통해 의미를 소통하는 것도 모두 이와 같은 이유 때문이다. 봉하마을에 대통령묘역을 조성하고 대통령기념관을 설립하며, 노무현대통령의집을 공개하는 것도 모두 이러한 장소성과 관련 있다.

기억은 물질에 기반을 둔 인간의 관념이고, 역사를 만들어 가는 쉼 없는 노력의 증거다. 사람들의 기억은 구체적 물질에 새겨져 기록으로 남게 되고, 기록은 사람에서 사람으로 전승된 기억을 통해 새롭게 태어난다. 기억의 내용이 바뀌면 기록의 주체도 변화한다. 노무현대통령의집에 대한 첫 번째 기억은 대통령비서실에서 기록했고, 두 번째 기억에 대한 기록은 노무현재단에서 수행했다. 세 번째 기억에 대한 기록은 이 집을 찾는 시민의 몫이다. 기억은 이렇게 계속 쌓여 갈 것이고, 그것은 기록을 통해 먼 훗날 우리의 시대를 온전히 재현하게 될 것이다.

## 4 ───────── 기록과 서사

우리의 기억을 기록물이라는 물리적 매체에 담아 세상에 남기는 이유는 필요할 때마다 적절히 꺼내서 활용하기 위해서다. 따라서 활용은 기록물에 저장되어 있는 사람들의 기억을 다시 소환하는 행위이며, 이러한 행위를 통해 기억은 새롭게 해석되고 전이된다.

책이라는 매체를 통한 기록의 활용은 대부분 서사적 구조를 따르기 마련이다. 여기서 서사는 다양한 기억의

2017.07.27. ─
노무현대통령의집을 3차원
VR영상으로 기록하는 모습

타래를 일관된 관점으로 재구성해 의미가 소통될 수 있는 언어로 변환하는 것을 말한다. 따라서 기록집을 기획하는데 있어 제일 중요한 것은 메시지를 구성하는 일이다. 기록집은 의미로 가득 찬 '기록의 언어'이기 때문이다.

노무현대통령의집은 시간과 공간, 사람이 빚어낸 기억과 인연의 장소다. 따라서 '노무현대통령의집 기록집'은 노무현 대통령이라는 역사적 인물의 현재적 의미를 대통령의집이라는 '공간'과 지난 10년이라는 '시간' 속에서 재정리한 책이라고 말할 수 있다.

이 기록집에서 '지붕 낮은 집'이라는 표현을 노무현대통령의집과 함께 사용하는 이유는 이 말이 노무현 대통령의 철학을 가장 함축적으로 담고 있기 때문이다. 노무현 대통령이 지붕 낮은 집을 통해 지향하고자 했던 '낮은 삶'과 '낮은 서사', '낮은 기억'에 대한 이야기가 바로 우리가 노무현 대통령을 지금껏 기억하는 이유이기도 하다.

이 책은 모두 다섯 개의 섹션으로 구성되어 있다. 시간으로 보면 노무현 대통령이 봉하마을 귀향 계획을 세우기 시작할 때부터 노무현대통령의집 상시 개방을 진행하고 있는 지금까지의 이야기다. 따라서 이 책에서는 앞서 말한 노무현대통령의집에 대한 '세 가지 기억'의 층위를 모두 다루고 있다. 다만, 노무현 대통령에 대한 슬프거나 서러운 기억을 직설적으로 재현하지는 않으려 했다. 그 대신 밝고 감각적인 인상을 통해 노무현 대통령의 부재를 은유적으로 표상하고자 했다. 눈이 부실 정도로 화창한 날일수록 그이가 더 그리워지는 것처럼 말이다. 그리고 이 책의 공간적 배경은 당연히 노무현대통령의집이다.

첫 번째 장의 제목은 '상상: 지붕 낮은 집'이다. 건축가 정기용 선생이 노무현 대통령에게 선물한 노무현대통령의집 건축 스케치북을 중심으로 구성하였다. 고향과 집에 대한 노무현 대통령의 상상이 가장 처음 구체적인 모습으로 드러난 게 바로 이 자료들이다. 이 시각 이미지들은 봉하마을과 봉하들판, 봉화산이 만나는 지점에 자리 잡게 될 노무현대통령의집이 어떻게 하면 인간(마을)과 자연(들판과 산) 앞에서 겸손함을 잃지 않고 함께 어울릴 수 있을지에 대해 깊이 사유했던 두 분의 고민과 상상력을 조금이나마 대면할 수 있는 좋은 기록물이다.

두 번째 장 '삶: 일상의 공간'에서는 노무현대통령의집에 대한 첫 번째 기억의 층위를 서사적으로 재현한다. 시간적 범위는 노무현 대통령이 봉하마을로의 귀향을 결심했을 때부터 서거 전까지다. 다양한 기록과 증언을 종합해 노무현 대통령이 화자인 1인칭 시점으로 새롭게 텍스트를 작성했다. 지붕 낮

2017.10.16. ——
안채 쪽에서 바라본
노무현대통령의집 안마당

은 집을 계획하고 건축하는 과정과 정기용 건축가를 만나게 된 사연, 퇴임과 입주, 귀향 후 펼쳐진 다양한 활동, 시민과의 만남, 평온한 날의 일상적 생활 등이 노 대통령의 관점에서 시간 흐름을 따라 이어진다. 이 시기는 노무현 대통령이 봉하마을에서 '삶'을 '꿈'꾸던 때였다. 그리고 그 삶은 노무현대통령의집에서의 '일상'을 통해 완성시키고자 했다.

세 번째 장 '서사: 공간의 시간'에는 노무현대통령의집에 대한 백과사전적 지식 콘텐츠가 정리되어 있다. 서재나 사랑채, 안뜰, 뒤뜰, 중정 등 세부 공간에 대한 건축적 의도와 일상적 쓰임새를 기능적으로 설명했다. 표상 방식으로는 세련된 건축 디자인 잡지의 모던한 시각화 전략을 차용했다. 따라서 이 파트에 수록된 사진은 노무현대통령의집이 지니고 있는 건축 미학을 최대한 강조한 감각적 기록물로 최근에 촬영된 것이며, 사람의 모습은 배제했다. 대신 노무현 대통령과 정기용 건축가를 비롯한 주변 인물들의 어록이 사람의 체온을 대신하고 있는데, 상반된 성격의 이미지와 텍스트를 복합적으로 결합해 디자인한 이유는 주인 잃은 집이 지니고 있는 부재의 시간성을 은유적인 시각화 전략을 통해 드러내고 싶었기 때문이다. 노무현대통령의집에 대한 두 번째 기억의 층위를 반어적으로 표상하기 위해 선택한 방법이다.

2018.06.23. —
노무현대통령의집 안채와 마당을 둘러보고 있는 시민들

네 번째 장 '기억: 사람의 인연'에는 사람들의 이야기로 가득 차 있다. 노무현 대통령과 인연을 맺었던 사람들의 기억과 사연을 기록집 콘텐츠로 재구성했다. 참여한 사람은 모두 여덟 명이다. 노무현 대통령의 고등학교 친구에서부터 마지막 비서관, 대통령의 필사, 노무현대통령의집 첫 외부 방문자, 대통령의 집 마당과 뜰을 완성한 조경전문가, 노무현재단 후원회원인 큐레이터와 아키비스트, 관람 안내 해설 자원봉사자로 노무현 대통령과 맺었던 첫 인연의 시간과 공간, 그리고 사연은 모두 달랐다. 부산에서 서울에서 그리고 광주에서 시작된 첫 만남은 노 대통령의 치열했던 삶의 여정을 따라 함께 울고 웃으며 이동했고, 마침내 봉하마을 노무현대통령의집이라는 공간에서 같은 시간, 같은 사연으로 만나게 되었다. 노무현 대통령에 대한 기억이 여전히 우리에게 머물러 있는 이유이기도 하다. 이 책에서 노무현대통령의집에 대한 세 번째 기억의 층위는 이렇게 완성된다.

마지막 장인 에필로그 '꿈: 사람 사는 세상'은 봉하마을에서 바라본 노무현대통령의집 풍경으로 구성되어 있다. 앞의 콘텐츠들이 모두 집 안에서 공간과 사람을 바라보는 구조를 지니고 있었다면, 이 파트의 시선은 바깥으로부터 집

2016.08.05. —— 추모의집 앞마당(현 노무현대통령기념관 건립부지)에서 전시 내용을 살펴보는 시민들

을 향해 있다. 봉하마을의 길과 봉하들판, 사자바위에서 바라 본 지붕 낮은 풍경에서 이 집의 배경과 맥락, 담고자 했던 뜻을 직관적으로 느낄 수 있도록 배치했다.

## 5 ─────── 기억과 상상

노무현대통령의집에 남겨진 기억을 수집해 이렇게 기록집으로 정리하는 이유는 노무현 대통령의 꿈을 다시 그려 보기 위해서이다. 퇴임을 준비하며 설계했던 모든 꿈은 이곳 노무현대통령의집에서 발아하여 봉하마을에서 열매 맺었다. 노무현 대통령의 꿈을 돌아보기 위해 가장 먼저 이 집에 직접 들어가봐야 하는 이유다.

노무현대통령의집은 지나 온 시간의 모든 것을 품고 있는 '기억의 터'이다. 기억은 과거에 대한 것이지만 미래를 이야기할 시작점이기도 하다. 기록이 정지되면 미래도 함께 사라진다. 지난 시간의 기억을 되돌아보는 건 미래를 상상하기 위해서다. 기억이 담긴 꿈을 공유하는 것은 우리의 미래를 함께 그려보는 일이다. 기억이 구체적일수록 꿈도 그러하다. 우리가 노무현대통령의집을 꼼꼼히 들여다보고자 한 이유이기도 하다. 그래서 이 기록집은 노무현 대통령의 못다 이룬 꿈은 무엇인지, 그리고 그것을 어떻게 우리의 기억으로 가져와 마침내 구체적 현실로 성취할 것인지에 대한 상상력의 결과물이다. 우리의 기억과 꿈에 대한 이야기이다.

이 책에서 시작한 작은 기억의 편린들이 다른 이들의 상상력을 자극해 좀 더 커다란 꿈으로 자라날 수 있도록, 우리 아이들을 위한 세상의 디딤돌이 될 수 있도록, 노무현 대통령과 우리가 함께 그려왔던 '사람 사는 세상'을 위한 기록은 계속되어야 한다. 동시에 이러한 작업은 집에서 나아가 봉하마을로 공간과 기억을 확장해야 한다.

기록은 기억에서 시작하고, 기억은 장소와 함께 머물기 마련이다. 장소의 성격에 따라 노무현 대통령의 기억과 기록을 재배치하는 작업은 우리의 꿈을 재구성하는 일이다. 사진과 영상, 3D VR 등 다양한 매체를 활용한 새로운 기록을 꾸준히 생산함으로써 우리가 노무현 대통령과 함께 바랐던 민주주의의 기반을 튼튼히 할 수 있다고 믿는다. 노무현 대통령에 대한 '기억의 터'는 우리의 상상력으로 이어져 우리가 꿈꾸는 미래, 사람 사는 세상을 설계하게 될 것이다.

# 상상

지붕 낮은 집

———

**1**

세상의 모든 일은 '상상'에서 시작된다.

노무현대통령의집을 짓던 일도 마찬가지였다.

퇴임한 대통령 내외가 머물 일상의

공간이었지만 평범한 살림집은 아니었다.

퇴임 후 시골 고향으로 내려간

첫 번째 대통령의 꿈이 담긴 장소였다.

노무현과 정기용. 특별한 건축주와 건축가의

만남은 상상을 현실로 구현하기 위한

첫 번째 걸음이었다. 봉하마을에서의

새로운 삶에 대한 노무현 대통령의 꿈은

정기용 건축가의 상상력을 자극했다.

꿈과 상상은 서로를 설득하고 확장시키며

마침내 형상을 담은 연필 스케치로

모습을 드러냈다.

이 책에 수록한 건축 스케치는

노무현 대통령과 정기용 선생이

힘을 합쳐 완성한 공동의 예술작품이자

'지붕 낮은 집'의 탄생 기록이다.

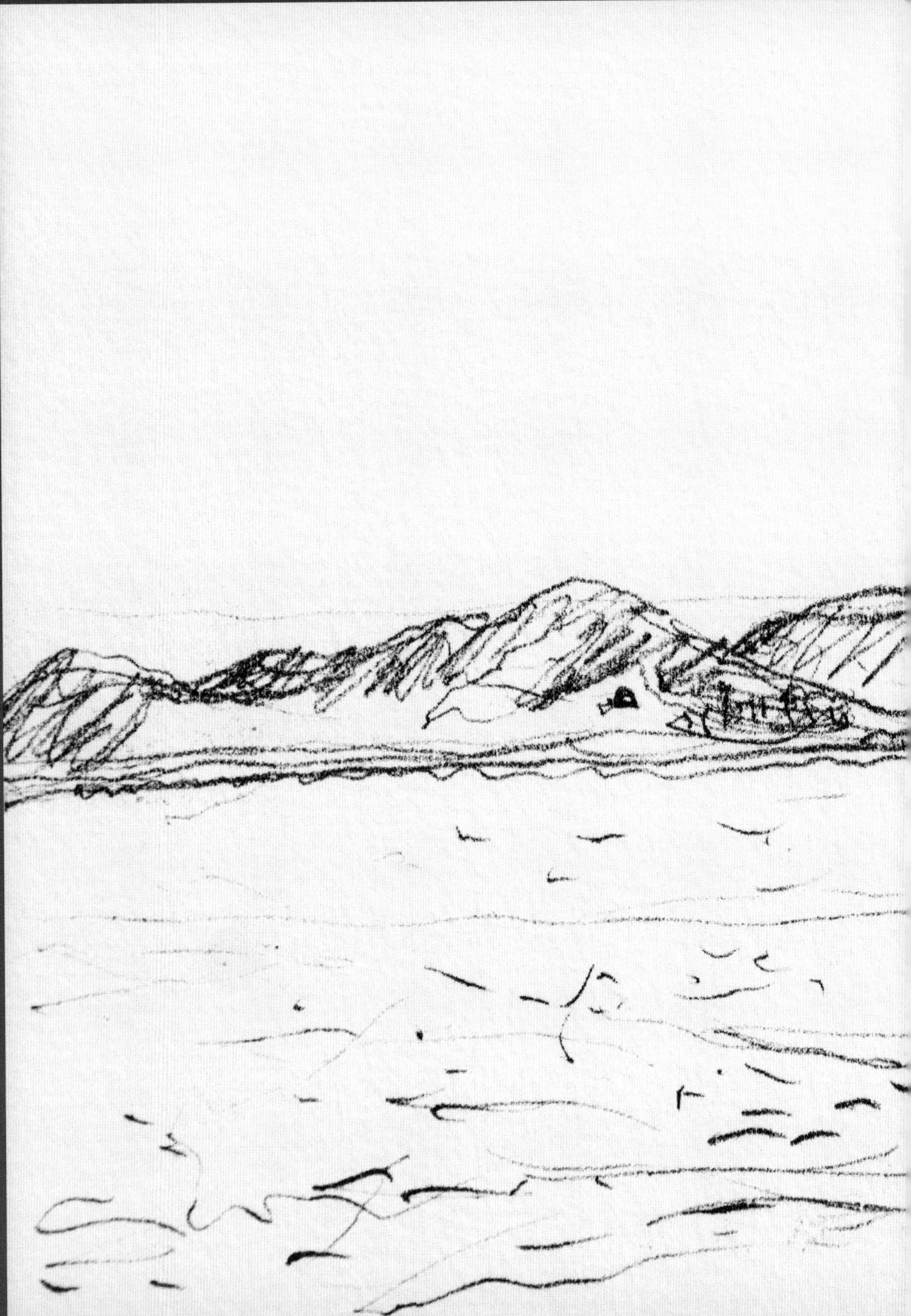

전망 별나리

2006
4|8

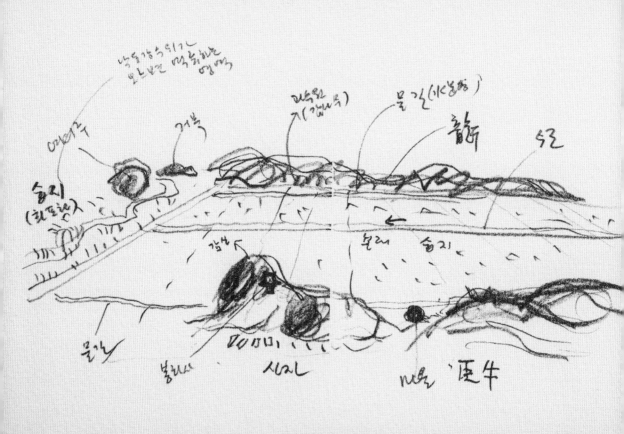

우리는 남들은 흔히 갖기 어려운 아름다운
추억을 가지고 있다.
몇 킬로미터나 이어지는 둑길을 걸으면서
밤이 이슥하도록 함께 돌아다녔다.
늦여름 밤하늘의 은하수는 유난히도
아름다웠고, 논길을 걷노라면 벼이삭에
맺힌 이슬이 달빛에 반사되어 들판 가득히
은구슬을 뿌려 놓은 것만 같았다.
마치 동화 속의 세계 같은 그 속을 거닐며
아내는 곧잘 도스토예프스키의 이야기를
하곤 했다. 고향에는 아직도 그 둑길이
그대로 있다.
가끔 고향에 내려가면 나는 아내와 함께
그때의 기분을 내보곤 한다.

— 노무현 대통령, 〈여보 나 좀 도와줘(1994)〉

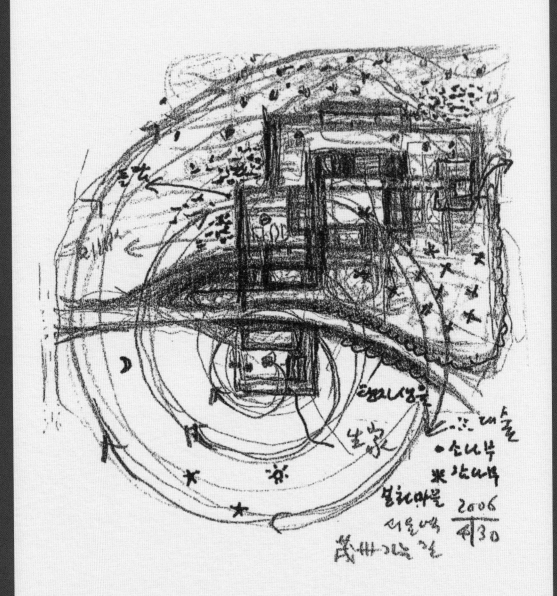

봉하마을 / 주말주택(?)

주인이 요청하는 점 : • 느리게 살고, 작게 쓰고
• 부끄럼 타는 집.

땅이 요청하는 점 : • 마을  부분과
과의    전체
관계

• 봉화산과의 관계에
  앞산 / 앞뜰과의
  관계.

• 경사면
  과의관계

시대가 요청하는 집 : • 자연친화적인 집 / 에너지. 재료. 이미지.

• 새로운 농촌 / Eco museum을 위한 Base Camp

건축가가 제안하는 집 :

• double court house / 두개다 가능 < 공적영역
  두개다영역           사적영역
  그러나
  동향중심건축

• / 집에서 개자연으로
   별처럼 퍼져나는 집

• / 다채로운 이벤트가
   가능한 마당들 / 옥외공간.

  / 강바람 과속에 민감하는집

1996
6/22.

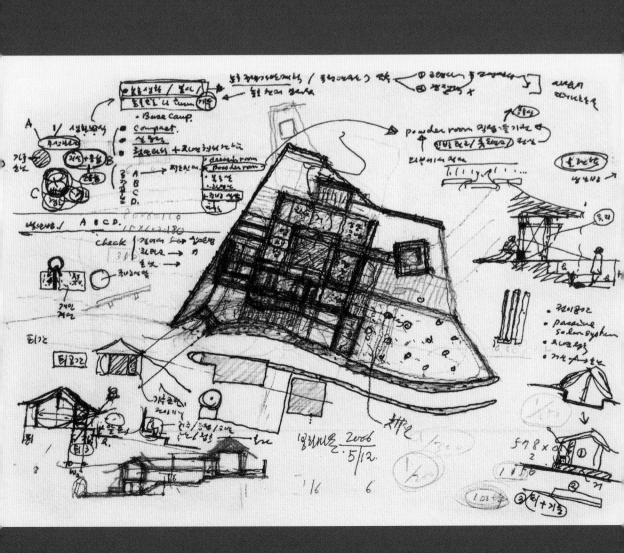

대통령 임기가 끝나갈 무렵 저는 임기를 마치면
이제 한 사람의 시민으로 돌아가서 '시민 주권 운동'에
한몫을 해보고 싶다는 생각을 가졌습니다.

— 노무현 대통령, 〈진보의 미래(2009)〉

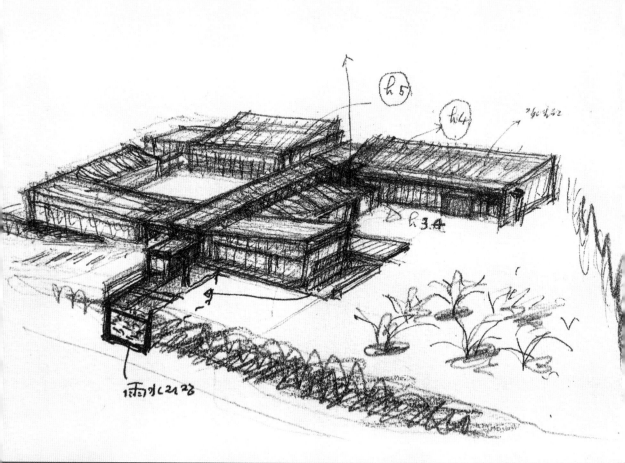

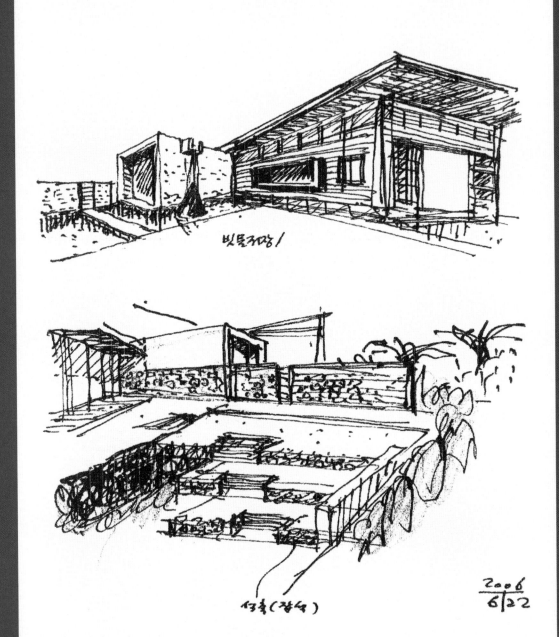

빗물극장1

성축(정석)

2006
6|22

집이 산을 누르지 않고 산과 집이 포근하게 공존하도록 하기 위해서
지붕을 낮춰서 지었어요. 마당이나 산세를 비교하면 집이 낮은 집입니다.
아름답게 지었거든요. 사람들이 행복하려면 여러 가지 조건이 있지만
그중에서 주변 환경이 아름다운 것, 그것도 행복의 조건 중 하나거든요.

— 노무현 대통령, 2008.05.15. 방문객 인사

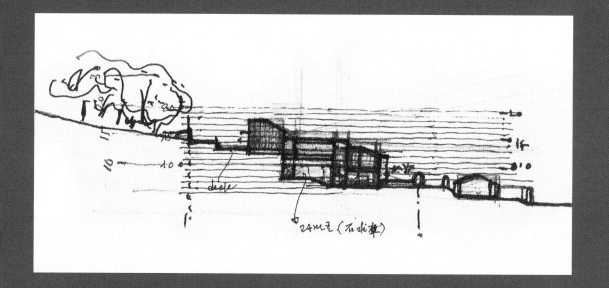

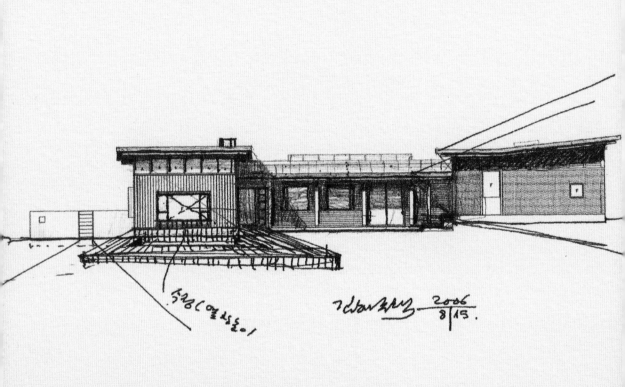

반곡이엔종모양이 2006 8/15.

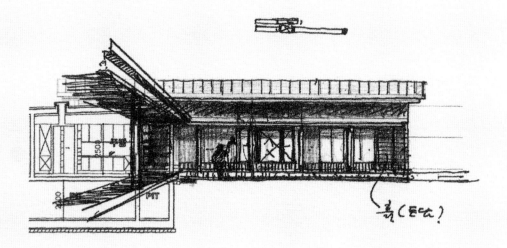

흙 (ㅌ...)

김효만건축 2006
8/15.

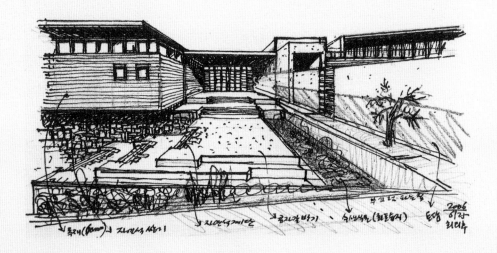

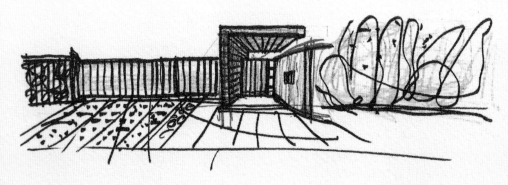

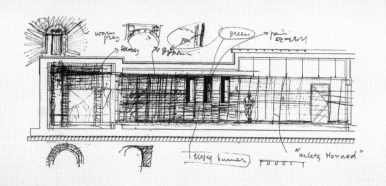

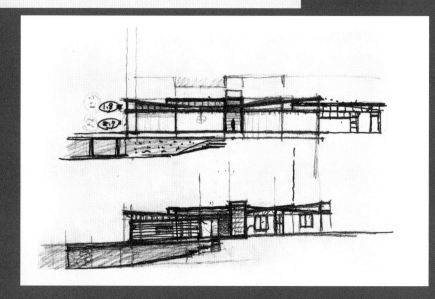

봉하에 온 거는 아이들한테 고향을 만들어 주기 위해서였어요.
우리 아들딸도 여기서 태어났고, 대통령 본인도 고향이에요.
자연 환경이 살아 있는, 생태 환경이 살아있는 고향을 만들어 주면
아이들이 객지에 살다가도 고향이라고 왔다 가면 좋지 않겠냐,
그래서 여기로 귀향하는 것을 잡았어요.

—— 권양숙 여사, 2015.10.24.

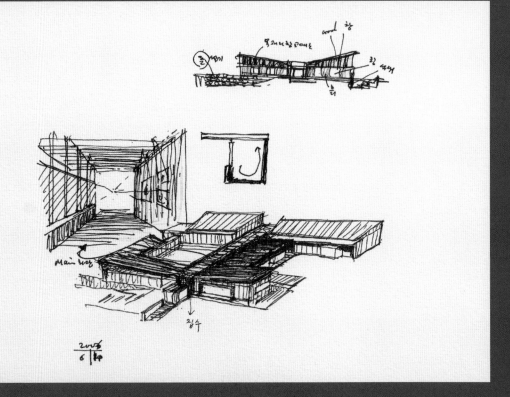

지방을 살기 좋게 만들기 위해 '나도 갑니다!' 떳떳하게 말하고 싶었다.
부산 근처 경남 일대의 은퇴자 마을 카탈로그를 구해 보면서 살 곳을 찾았다.
여러 곳을 봤지만 선뜻 결정하기가 어려웠다.
그런데 2006년 3월 나이지리아를 방문했을 때, 아내가 봉하로 가는 것이
좋지 않겠냐고 제안했다. 듣고 보니 고향을 두고 뭐 하러 다른 곳을
찾느냐는 생각이 들었다.

— 노무현 대통령, 〈운명이다(2010)〉

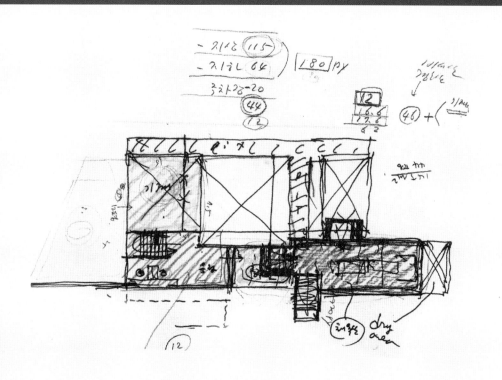

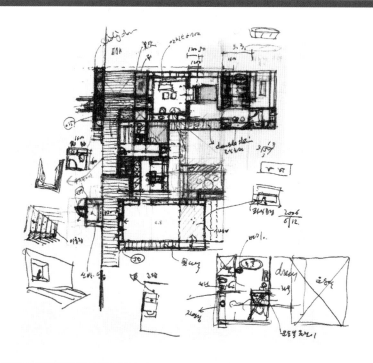

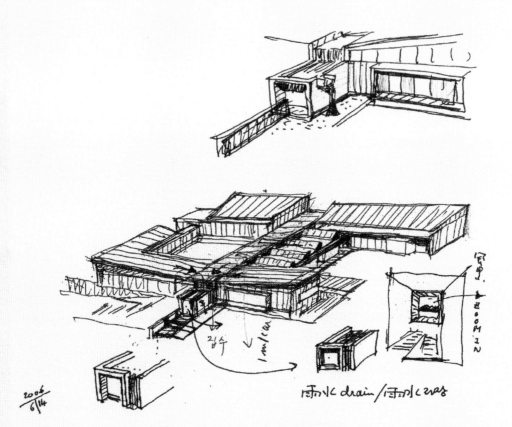

내가 고향에 돌아가 사는 것이 지역주의를 극복하고 국민 통합을 이루는
작은 도움이라도 되기를 바라는 마음도 있었다.

— 노무현 대통령, 〈운명이다(2010)〉

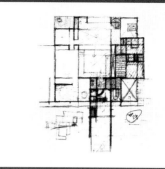
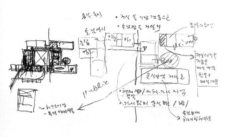
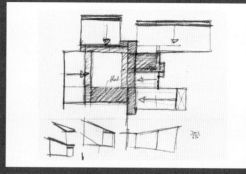
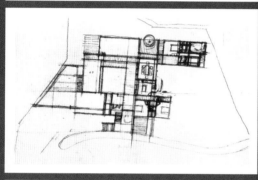
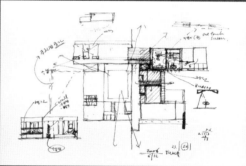

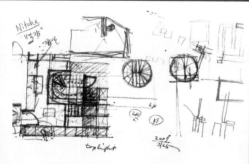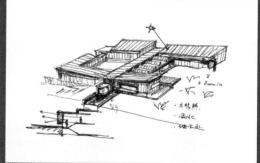
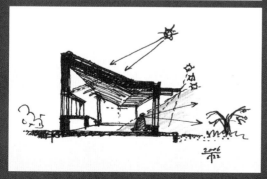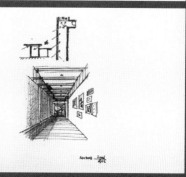

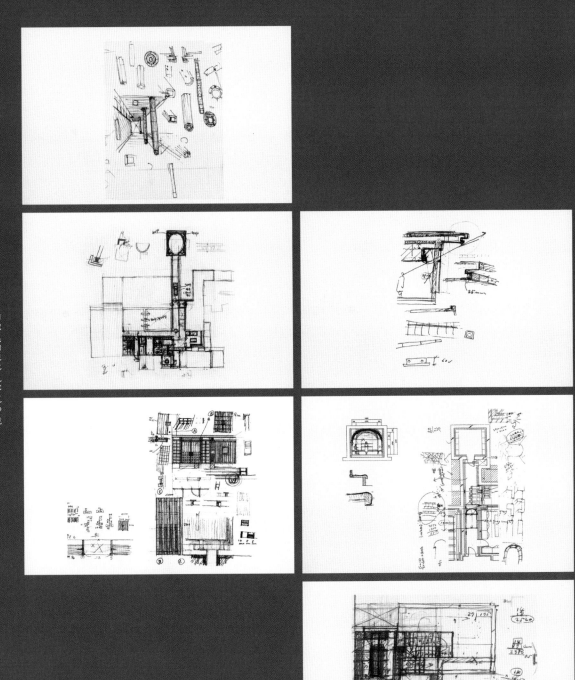

아이들이 여기 와서 자연과 접하면서 그 섭리를 배우는 연장선상에서
인간의 존재와 미래에 대한 뭔가의 생각을 발전시켜나갈 수 있지 않을까,
농사를 짓고 열매를 맺어가는 과정들을 보면서 저는 사람의 생각이
좀 순화되고 성장한다고 생각합니다.

— 노무현 대통령, 2008.04.27. 방문객 인사

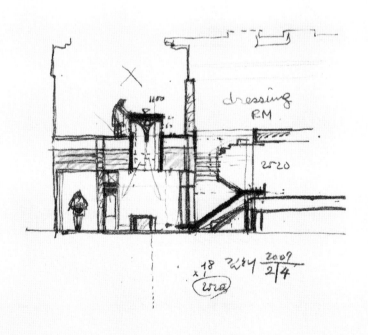

별 헤는 마을 '북 끌려 드리는 집' 에서의 시나리오

| 시간 | 계절 | 날씨 | 예상일과 | |
|---|---|---|---|---|
| | | | 자녀방 | 마을 변화 |
| 2008년 8월. 입주하던날. | 겨울 | 진눈깨비 | 별 헤는 마을 동네에서 첫날밤 | 수많은 사람들이 들뜨고 하늘 |
| 입주 1주일 후 | 겨울 | 맑은 영하2도 | 숲지에 대규모 눈꽃들을 보고 | 마을 원치들과 대학, 식사 |
| 입주후 5개월후 4월 어느 봄날 | 여러그릇의 꽃들 본다 | 흐림 | • 체력을 준비한다 (농사 시작) • 정리에 출지 아빠들 의식적 흘걸다. | • 서울에서 사진촬영이 왔다. |
| 6개월후 | 여름 어느날. | 비 (큰비) | • 냇물 저장고로 강걸다. • 장비터로 체득. | • 정호 삼촌과 칼국수를 들며 단초. • 마을 벗처 계막 5지 해더. |
| 입주후 9개월후. | 가을 어느날 | 맑음 | • 집연어들 • 1반의 정먼. | • 동네에 거주하는 친지들의 건축 계막 늘다. |

2006
여름

25명2나 었으회를 위하내시작님

| 방<br>사람들 / 계속 | 숙제 역<br>물회<br>2대계in | 지역파티대나 | | | | | 총<br>행 |
|---|---|---|---|---|---|---|---|
| | | 나들 | 별 | 숲지 | 별바임 | 기타 | |
| 이(2대)시<br>이 마을에<br>주민이되<br>는걸 배운<br>느낌 | 난방 정비<br>틈틈이<br>제어조치<br>에 몰려가<br>있다.<br>역시수업에<br>몰려갔 | ● 겨울산속에 강비득가지돌<br>이 눈에들어온다 . 여러<br>분이 볼것인가? | | | | | |
| ● 1개울<br>시냇돌<br>이<br>시냇물에<br>번나다 | ● 마을을<br>돌며<br>여러<br>구상을<br>해보았 | ● 니연가<br>바른방을<br>성강과<br>해야한다 | ● 생각본의 범을 띠어맺호시미.<br>● 숲지의 기분다.<br>계절 | | | | |
| ● 처음다<br>초돌카셔<br>돌지에서<br>맡아보<br>. 기똑이다 | ● 마치간<br>돌아다<br>하다. | ● 사돌에서<br>기대로<br>자등돌리<br>● 지나라<br>챙신가 | ● 본돈 너무 어돌줍다<br>● 숲지된 범대산육돌리님다.<br>꿈독범 같다 .<br>● 당간 사냥물이 걸걸다 . | | | | |
| | 돌 기간심<br>● 아여들이<br>마을꿈<br>당시하는<br>몰치 | ● 물러상들라 손투에<br>대화 걸이 생각해봐야겠다. | | | | | |
| 역액<br>리아<br>돌 | ● 마을<br>체까지다<br>실시이<br>처치버리<br>라다 | ● 이여대도<br>난바<br>해봐<br>system을<br>다시 생각<br>해야한다 | ● 이런해서가돌이 어돌넘었<br>돌도로돌지 못했다.<br>● 감지기 운행복되너 .<br>● 이상호다가 피어나 없다 .<br>기본 ● 돌답의 노돌이 걸다. | | | | |

# 삶

일
상
의

공
간

노무현 대통령 말씀자료와 홈페이지에 쓰신 글, 저서와 관련 도서 등을 토대로 노무현재단 사료연구센터 김선혜가
재구성한 텍스트입니다. 출처와 참고자료는 264페이지를 살펴봐 주시기 바랍니다.

2008년 2월 25일, 봉하마을 끄트머리 집이
생기를 띠기 시작했다. 5년간의 청와대
생활을 마치고 고향에 돌아온 노무현
대통령 내외가 새로운 터전에 깃들인
날이었다. 이날부터 이 집은 귀향운동의
베이스캠프이자, 진보의 미래와 민주주의를
논의하고 연구하는 학습장이 되었다.
많은 사람들의 지혜가 모여들었다가
멋진 꿈을 안고 다시 세상을 향해 나아갔다.
노무현대통령의집은 노무현 대통령의
모든 일상을 기억하고 있는 공간이다.
시민과의 만남은 중요한 일상을 차지했다.
입주하고 첫 일주일 동안 봉하마을을
찾은 시민이 2만여 명에 달했다.
퇴임한 대통령을 보기 위해서였다.
"대통령님 나와 주세요."
시민들의 외침이 봄부터 겨울까지
낮은 담장을 넘어 집 안으로 들어왔다.

1963. ― 봉화산 정상에 앉아 마을을 바라보는 노무현 대통령(맨 왼쪽)과 친구들의 뒷모습

# 나도
# 내려갑니다

고향으로 돌아간다. 5년간의 대통령 임기를 마치고 더 이상 분장을 하지 않아도 되는 삶으로 돌아간다. 경남 김해시 진영읍 봉하마을. 나는 이곳에서 나고 자랐다. 봉화산 아래에 있다고 해서 봉하라는 이름이 붙었다. 여담이지만, 아래 하(下)는 쓰는 맛이 있다. 가로 획 하나를 딱 그어놓고, 세로 획 하나를 또 긋고, 마지막에 점 하나 쿡 찍는 기분이 그럴 듯하다. 어릴 땐 '보밑'이라고 불렀다. 누가 어디 사냐 물으면 '보밑에 삽니다'하고 답하던 기억이 있다.

아내를 만나 연애하고 결혼식을 올린 곳도, 두 아이가 태어난 곳도 봉하다. 연애를 시작한 건 고시 공부 중이었는데, 몇 킬로미터나 이어지는 둑길을 함께 걷노라면 동화 속 세계에 들어온 기분이었다. 늦여름 밤하늘의 은하수는 유난히도 아름다웠고, 벼이삭에 맺힌 이슬이 달빛에 반사되어 들판 가득 은구슬을 뿌려 놓은 것만 같았다. 흔히 갖기 어려운 아름다운 추억이다.

본격적인 객지 생활은 1975년 사법고시에 합격하고 사법연수원에 들어가면서부터였다. 떠나 있는 중에도 고향에 오는 일은 큰 기쁨이었다. 아이들이 어릴 때는 한 달에 한 번은 꼭 함께 왔다. 자연 속에 어우러지는 즐거움과 할아버지 할머니의 따뜻한 품을 느끼게 해주고 싶었다. 실제 고향이기도 했지만 마음의 고향이기도 했다.

대통령 자리에 있는 동안 모든 지역이 골고루 잘사는 나라를 만드는 일에 애를 많이 썼다. 퇴임 후에는 '나도 내려갑니다' 말하고 싶었다. 균형발전을 말한 사람으로서 그래야 떳떳했다. 내 귀촌을 통해 지역공동체를 살리는 일에 힘을 보탤 수 있지 않을까 기대도 했다. 다른 이유도 있었다. 한창 자라나는 손녀에게 고향을 만들어 주자. 내 손녀손자만이 아니라 우리 아이들을 위해서도 자연환경이 살아 있고 사람 냄새를 느낄 수 있는 곳, 객지에서 살다가도 마음의 위안을 받을 수 있는 장소를 만들어 보자고 생각했다.

처음부터 봉하마을을 염두에 둔 건 아니었다. 먼저 경남과 부산 인근 등 여러 후보지를 검토했다. 쉽게 결정을 내리지 못하다 가닥이 잡힌 건 2006년 봄, 아프리카 3개국 순방에서였다. 이집트에 이어 두 번째 방문국이었던 나이지리아에서 아내가 의견을 냈다.

"우리 다른 데 갈 것 없이 봉하 가면 되잖아요."

마침 일정이 없어 숙소에 머무는 동안 가지고 온 귀촌 자료를 검토한 모양이었다. 오래 생각해볼 것도 없었다. 아내의 말이 맞았다. 귀향할 곳을 봉하로 정했다. 결정하고 나니 뒷일은 순조롭게 진행됐다.

1963. — 교모를 쓰고 바위에 기대어 기념촬영하는 노무현 대통령

●
1956. ——
진영 대창초등학교 4학년
봄소풍에서 담임 김종대
선생님과 기념촬영하는
노무현 대통령과(2열 맨
왼쪽) 친구들

●●
1963. ——
친구들과 산에 오른
노무현 대통령(맨 왼쪽)

●●●
1973.01.29. ——
전통혼례로 진행된
결혼식에서 일가친척들과
기념촬영하는 노무현
대통령과 권양숙 여사

진영 읍내에서 10리쯤 떨어진 곳에 말이 달리는
모양처럼 생긴 바위산이 하나 있다. 옛날에 봉화를
올렸다 하여 사람들은 모두 봉화산이라고 불렀다.
김원일의 소설 '노을'의 무대가 되기도 했던 그 산에는
오래된 절터가 있다. 가야 시대의 것이라고 한다.
옆으로 드러누운 부처님이 큰 바위에 새겨져 있고
근처에는 깨어진 기왓장도 나오곤 한다.
사람들은 가야 시대의 왕자가 살았다 하여
골짜기를 '자왕골'이라고 불렀다.
해방 이듬해인 1946년 8월, 봉화산과 자왕골을
등에 지고 있는 그 작은 마을에서 나는 태어났다.
유년 시절의 내 기억에서 봉화산과 자왕골은 빼놓을
수 없는 무대이다. 나는 그곳에서 칡을 캐고 진달래도
따고 바위를 타기도 했다. 풀 먹이러 소를 끌고 나오는
곳도 항상 그 골짜기였다. 아이들은 소를 골짜기에
몰아넣고는 모두 발가벗고 놀았다. 골짜기의
맑은 물에서 목욕도 하고 물장구도 쳤다. 물놀이가
시들해지면 산사태가 난 곳에서 미끄럼을 타기도 했다.

— 노무현 대통령, 〈여보 나 좀 도와줘(1994)〉

2008.04.04. — 정기용 건축가와 함께 집 주변을 둘러보며 이야기 나누는 노무현 대통령

# 마을공동체에
# 대한 구상

내가 태어난 생가는 마을 가장자리에 있어 '갓집'이라 불렸다. 그 생가가 내려다보이는 산등성이에 집터를 정했다. 여전히 마을 끄트머리로, 한때 복숭아밭이던 땅이다. 초로의 나이를 넘겨 고향으로 돌아온 '인사 잘하는 과수원집 막내'가 남은 생을 보내게 될 터로 안성맞춤이었다. 실용적인 이유도 있었다. 전직 대통령의 집이 마을 안에 생기면 아무래도 번잡스러운 일이 생길 여지가 크다. 이웃 주민들 생활에 생길 불편을 최대한 줄이고 싶었다.

고향을 떠나 부산으로, 서울로 거처를 옮겨 다니며 다양한 집에 살았지만 건축주가 되는 일은 처음이었다. 좋은 건축가를 찾는 일이 중요했다. 정기용 선생은 무주 공공건축 프로젝트에 관한 기사를 보며 관심을 갖게 됐다. 총무비서관에게 정기용 선생의 연락처를 주며 한 번 만나봐 달라고 했다. 건축주가 누구라 밝히지 않고 비서관이 약속을 잡았다. 비서관이 본 그의 첫 인상은 머플러를 두르고 까만 중절모를 쓴 예술가의 모습이었다고 한다. 제안을 듣고 무척 놀라면서도 기뻐했다고 전해 들었다.

'건축은 사람의 삶을 조직하는 것'이라는 정기용 선생의 철학은 내가 봉하에서 해보고자 하는 일과 정확히 일치했다. 처음 만난 자리에서 주문한 것도 '마을공동체의 모델이 될 베이스캠프'였다. 왜 봉하마을로 가려는지 묻기에 이렇게 설명했다.

"내 집뿐만 아니라 봉하마을을 함께 생각하자는 것입니다. 전직 대통령이 농촌 마을로 내려가 산다고 하면 그 마을에 많은 변화를 예측하게 됩니다. 그렇기 때문에 농촌 마을을 위해 긍정적인 일을 해야 되고, 무슨 일을 어떻게 진행할 것인지 공부도 해야 되기 때문에 봉하마을에 대해 함께 구상하자는 것입니다."

정기용 선생과는 합이 잘 맞았다. 이야기가 금세 통했다. 나에게 화포천을 되돌려준 사람도 정 선생이었다. 우리나라에서 가장 큰 하천형 습지인 화포천은 아내와의 연애 시절 추억이 담긴 장소다. 겨울이면 하늘이 새까맣게 보일만큼 많은 철새가 날아오던 곳이기도 하다. 기억 저편에 잠들어 있었는데 봉하마을 부근을 몇 차례 답사한 정기용 선생이 먼저 그 가치를 알아봤다. 생각지 못한 일거리가 생겨 기뻤다. 무차별적인 쓰레기와 오물에 몸살을 앓고 있던 화포천을 살리고 철새들을 다시 불러오는 일은 귀향 생활의 중요한 과제 중 하나가 됐다.

# 건축가 정기용

1945.08.04.~2011.03.11.

**01** 순천 기적의도서관, 2003
**02** 정읍 기적의도서관, 2006
**03** 무주향토박물관, 1999

기적의 도서관과 무주 공공 프로젝트 등 다수의 공공건축물을 설계했다. 흙 건축, 생태건축, 공공건축의 대가로, "건축가는 단순히 집을 설계하는 게 아니라 삶을 설계하는 사람이다. 자연과 주민, 사회에 답하는 사회적 조절자가 되어야 한다"는 철학을 실천했다.

1971년 서울대학교 미술대학과 같은 학교 대학원 공예과를 졸업하였다. 1972년 프랑스 정부 초청 장학생으로 도불(渡佛)해 1975년 프랑스 파리 장식미술학교 실내건축과에 입학하였고, 1978년에는 프랑스 파리 제6대학 건축과를 졸업한 후 프랑스 정부가 공인하는 건축사 자격을 취득하였다. 이후 1982년 프랑스 제8대학 도시계획과를 졸업하였다.

1975~85년 프랑스 파리에서 건축 및 인테리어 사무실을 운영했으며, 1985년 귀국해 서울에 '기용건축연구소'를 설립했다.

1992년부터 1994년까지 '민족건축인협의회' 회장을 역임했으며 1999년부터 2003년까지는 '문화연대 공간환경위원회' 위원장을, 2002년에서 2005년까지는 '민주화운동기념사업회' 분과위원을 맡았다. 2004년에는 베니스비엔날레 국제건축전 한국관 커미셔너로, 2005년에는 문화재청 사적분과 문화재위원으로 활동하였다. 성균관대학교 건축과 석좌교수에 취임한 것은 2008년이었다.

프랑스 노동성 주관 ANACT(노동환경개선설계경기) 3위 입상(1982)과 제3회 교보환경문

**04** 무주 등나무운동장, 1999
**05** 계원조형예술대학 정보관, 2003
**06** 코리아나 아트센터, 2003
**07** 영월 구인헌, 1999
**08** 서울예전 드라마센터 리노베이션, 1996

화상, 한국건축가협회 특별상(2000), 서귀포 건축상, 제주시건축상, 순천시건축상, 한국건축가협회 우수상(2004) 등을 수상했다. 주요 작품으로는 계원조형예술대학(현 계원디자인예술대학, 1990), 동숭동 무애빌딩(1993), 청계동주택(1995), 진주 동명중고등학교(1996), 서울예전 드라마센터 리노베이션(1996), 무주 공공프로젝트(무주군청, 공설운동장, 무주시장, 면사무소 4개소 등 다수, 1997~2006), 영월 구인헌(1999), 춘천 자두나무집(2000), 기적의 도서관(순천, 제주, 서귀포, 진해, 정읍, 김해), 코리아나 아트센터 스페이스C(2003), 무주곤충박물관(2001), 파주 은하출판사(2005), 파주 열림원(2006), 봉하마을 노무현대통령의집과 추모의집(2006)이 있다.

2010년에는 일민미술관에서 〈감응:정기용 건축〉전이, 2013년에는 과천 현대미술관에서 〈그림일기 : 정기용 아카이브〉전이 열렸다. 저서로 〈서울이야기(2008)〉와 〈사람 건축 도시(2008)〉, 〈감응의 건축(2008)〉, 〈기적의 도서관(2010)〉, 〈기억의 풍경(2010)〉 등을 출간하였다.

**출처**
정기용기념사업회(www.gu-yon.com)
㈜기용건축건축사사무소(ubacarch.wix.com/ubacguyon)

# 3

# 부끄럼 타는 집

느리게 살고 적게 쓰는 삶에 적합한 집, 자연과 어우러지는 지붕 낮은 집, 언젠가 시민에게 돌려줘야 할 집, 실용적이고 아름다운 집. 원하는 집의 조건이라면 조건이었다. 정기용 선생은 여기에 더해 '불편한 흙집'을 제안했다. 되도록 자주 자연을 바라보고, 공기 내음을 맡고, 계절의 변화를 느끼는 것이 농촌생활의 뜻에도 맞지 않겠냐는 이야기였다. 바라던 바였다. 우리 조상들이 안채와

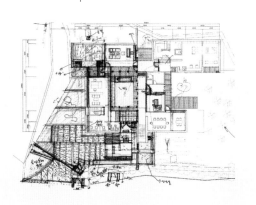

사랑채를 나누어 살았듯, 한 공간에서 다른 공간으로 이동할 때 신을 신고 밖으로 나와야 하는 채 나눔 구조는 그렇게 탄생했다.

한옥 양식을 차용했지만 지붕은 낮고 평평하게 했다. 산등성이 흐름이 집 안으로 자연스럽게 이어지도록 하자는 생각이었다. 주변 환경에 역행하지 않고 주어진 조건을 최대한 살리려 애를 썼다. 경사진 터에 집을 짓자니 땅을 파내거나 돋워야 했다. 높게는 짓지 말자고 정해졌다. 지하 공간을 활용하게 된 건 그래서다. 홀로 도드라지지 않아야 한다. 그런 의미에서 '부끄럼 타는 집'이면 좋겠다.

집이건 사람이건 조화로워야 한다. 아름다운 마을을 가꾸는 것도 중요하지만, 그 안에서 사는 사람들이 공동체 의식을 가지고 서로 어울려 살 수 있어야 할 것이다. 사람 뿐 아니라 동물과 식물이 공존하는 생태계를 다시 불러와보자. 아이들이 소풍 와서 풀밭에 자리 펴고 도시락 먹고 놀 수 있는 친근한 동산, 어린 시절 봤던 방아깨비와 물방개, 맹근쟁이가 돌아온 숲과 늪, 그리고 들, 사람 냄새 나는 마을, 새로 지어질 집은 그 풍경의 자연스러운 일부가 될 것이다.

찾아오는 손님들과 차 마시고, 더 길게 머무는 이들과는 술잔도 기울이고 그러다 한꺼번에 많은 사람들이 오면 몽고식 원형 게르(Ger)를 지어 묵을 수 있게 하고… 생각만으로도 신이 났다. 식사는 큰 가마솥을 걸어두고 잔치국수를 삶아 그 자리에서 건져주면 해결될 것이다. 직접 딴 과일로 과일주를 담아 방문하는 사람들에게 전부 한 잔씩 주고, 계절마다 부지런히 만든 효소를 장독에 채워 한 통씩 선물하는 장면도 모두 행복한 상상이었다.

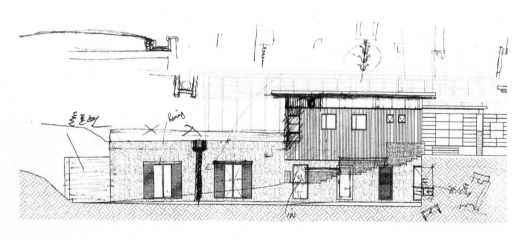

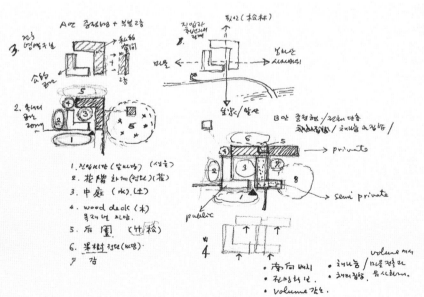

2007.05.13. ── 노무현대통령의집 공사 현장으로 향하며 이야기 나누는 노무현 대통령과 정기용 건축가

# 언제든 얼굴
# 마주할 수 있도록

설계 회의는 주로 업무가 없는 토요일 오후나 일요일에 이뤄졌다. 짧게는 두서 너 시간, 길게는 대여섯 시간씩 논의가 이어졌다. 큰 부분부터 화장실 거울 각 도처럼 세세한 부분까지 꼼꼼하게 확인했다. 한 가지 일에 몰두하면 너무 깊이 빠지고 매달리는 성격 때문이다. 지나고 보니 그때 정기용 선생이나 실무진에 선 꽤나 고생스럽지 않았을까 싶다.

손님맞이 공간인 사랑채는 봉하의 아름다운 풍경을 한눈에 볼 수 있도록 신 경 썼다. 안뜰 쪽으로 전면에 길게 낸 네 개 창은 각각 소나무 한 그루씩을 담은 네 폭 병풍이 됐다. 사자바위와 봉화산이 그 너머로 시원하게 들어온다.

가로로 긴 창을 통해서는 봉하들판과 뱀산이 보인다. 부모님이 직접 일구셨 던 감나무 밭이 그 중턱에 있다. 내가 고시 공부를 시작한 토담집이 있던 곳이 기도 하다. 고등학교를 졸업하고 들어간 어망회사에서 받은 첫 월급은 한 달 하숙비도 안 되는 금액이었다. 고시 공부를 시작해야겠다고 작정했다. 직장을 그만두고 받은 한 달 반 치 월급 6천원으로 옷을 살까 구두를 살까 망설이다 기 타 한 대와 헌 책 몇 권을 사서 고향으로 내려왔다. 마침 작은형님도 집에서 잠 시 쉬고 있을 때여서 마을 건너 산에 토담집을 하나 짓기로 했다.

기술이 없는 나는 돌을 나르고, 주로 형님이 토담을 쌓아 올렸다. 가끔 아버 지가 오셔서 그 모습을 지켜보다 고개를 끄덕이고 가시곤 했다. 완성됐을 즈음 나를 부르시더니 '니, 그 집 이름을 마옥당이라고 해라' 하셨다. 갈 마(摩), 구 슬 옥(玉)에 집 당(堂) 자를 쓴 이름이다. 옥을 연마하는 집이라는 뜻이니까 아 버지가 보시기에는 내가 옥으로 보였던가 보다. 어쩐지 쑥스러워서 그 이름을 잘 못 불렀다. 지나고 보니 그만큼 떳떳한 이름도 없는 것 같다. 자기 자식에게 옥이라고 하든 금이라고 하든 그건 그 아버지의 권리다. 모든 부모에게 자식은 귀한 구슬과 같은 존재다. 그렇게 부모의 정성이 아이들을 기른다는 사실을 늦 게야 알게 됐다.

함께 내려온 경호관과 비서관들이 업무를 볼 공간도 고려해야 했다. 사무공 간은 집과 떨어져 별도로 짓는다기에 굳이 그래야 하느냐는 의견을 냈다. 함 께 일할 사람들이기도 했지만 가족만큼 자주 볼 사람들이기도 했다. 한 공간에 두면 집이 커 보여 불필요한 오해를 낳을 수 있다는 걱정이 돌아왔지만 개의치 않았다.

언제든 얼굴을 마주하고 소통하는 편이 더 중요했다. 정기용 건축가는 중 정을 사이에 두고 한 쪽에는 회의실 겸 서재와 비서실 같은 업무공간을, 다른

2007. — 봉하마을 노무현대통령의집 공사 현장과 진행상황을 살펴보고 있는 노무현 대통령 내외

한 쪽에는 안채와 사랑채, 부엌 같은 생활공간을 배치하는 걸로 내 요구에 화답했다.

회랑의 처마는 길게 냈다. 내가 더 이상 이곳에 살지 않는 날이 오면 시민에게 공개할 집이다. 긴 처마가 있으면 눈비를 막아주고, 뜨겁게 내리쬐는 빛을 가려주어 찾아온 사람들이 둘러보기 편할 거다. 공간의 쓰임새도 더 풍부해질 거라는 생각이었다.

본격적인 공사가 시작된 건 2007년에 접어들면서부터였다. 시간이 있을 때면 도면을 들여다보며 필요한 부분을 보완했다. 직접 현장을 방문해 진행 상황을 눈으로 살펴보기도 했다. 대선 정국이 본격화될수록 나와 청와대를 향한 공격의 강도가 거세졌다. 대부분 부당한 내용이었다. 점차 윤곽을 드러내는 집의 공간을 설계하는 일은 녹록치 않은 세월을 지탱하는 즐거움 가운데 하나였다.

# 5

# 다시 시민으로

2008년 2월 25일.

대한민국 제16대 대통령 임기의 마지막 날이자 고향으로 돌아가 시민으로 새로운 삶을 시작하는 날이다. 청와대에서 비서실 직원들과 작별 인사하는 걸로 퇴임식을 갈음했다. 국회에서 열린 제17대 대통령 취임식에 참석한 뒤 곧바로 서울역으로 향했다. KTX 열차를 타고 2시간 만에 경남 밀양역에 도착하니 많은 시민들이 축하를 위해 모여 있었다. 밀양부터 봉하까지는 버스로 이동했는데 창밖으로 28km에 이르는 길을 따라 노란 풍선이 길게 이어져 있었다. 나도 부지런한 사람이지만 저렇게까지 할 수 있을까. 고개를 가로 저었다. 그 정성 덕분에 대통령에 당선됐고, 또 무사히 고향으로 돌아올 수 있었다.

인기 없는 대통령으로 퇴임했다. 잘했다는 사람도 있지만 유감스럽게도 잘못했다는 사람이 더 많았다. 하지만 열심히 했다. 원칙대로 소신 있게 일했고 국민 앞에 했던 약속을 지키려고 노력했다. 마을에 마련된 환영행사 무대에 올라 귀향 보고를 하며 잘한 일은 자랑도 했고, 끝내 이루지 못한 정치적 소망에 대한 안타까움도 드러냈다. 지지해준 이들에 대한 고마움과 퇴임 후의 여유로운 생활에 대한 바람도 허심탄회하게 털어놨다. 마을 소개도 간단히 했다. 꽤 오래 이야기했는데도 못다 한 말이 있었다.

"여러분, 제가 오늘 한마디 할까요?
오늘 딱 말 놓고 하고 싶은 얘기 한마디 하겠습니다.
야~ 기분 좋다!"

2008.02.25. —
고향으로 내려가는 노무현 대통령 내외를 서울역에서 배웅하는 시민들(위), 밀양역(중간)과 봉하마을(아래)에 모인 환영 인파

달집태우기와 지신밟기, 입택식까지 이어지고 나서야 정해진 일정이 끝났다. 긴 하루였고, 먼 길이었다. 집은 아직 정돈할 것이 많았다. 내일부터 새로운 인생이 시작된다. 차차 시간을 들여 해나가면 될 것이다. 마음 한편에는 걱정도 있었다. 과연 사람들이 이 먼 봉하까지 올까. 온다면 얼마나 올까. 너무 안 와도 걱정, 너무 많이 와도 걱정이었다.

2008.02.25. —— 봉하마을에 도착해 시민들의 따뜻한 환영을 받는 노무현 대통령 내외

우리 사회에는 미디어도 많이 있고, 인터넷 세계에도

많은 의견과 주장이 넘치고 있습니다.

그러나 기존의 미디어 세계는 한쪽의 목소리가 너무 커

균형 있는 소통의 장이 되지 못하고 있습니다.

인터넷 세계에는 많은 사람들이 자유롭게 말하고 있지만

대부분 단순한 주장과 간단한 댓글 구조로 되어 있어서,

정보와 지식의 수준을 향상시키고 활용하는 데는 한계가 있습니다.

자유롭게 대화하되, 깊이 있는 대화가 이루어지는

시민공간을 만들어보자는 것이 '민주주의 2.0'의 취지입니다.

주제를 정해, 그 주제를 중심으로 문답, 토론, 연구 등을

깊이 있게 진행해 수준 높은 지식을 생산하고

이를 체계적으로 축적·활용할 수 있도록 해보자는 것입니다.

어떤 주제든 집중적이고 깊이 있는 대화를 거치면 사실에

좀 더 가까이 갈 수 있고, 지식의 깊이도 깊어질 것입니다.

— 노무현 대통령, 2009.09.18. 민주주의 2.0 게시글 '자유로운 대화, 깊이 있는 대화를 기대하며'

•
2008.03.13. ──
참여정부 인사들과 함께
회의하는 노무현 대통령

••
2008.09.21. ──
한국정치학회와 진행한
인터뷰에서 발언하는
노무현 대통령

•••
2008.11.07. ──
부산상고(현 개성고)
교지부 학생들의 질문에
답하는 노무현 대통령

● 2008.05.31. ─
사법연수원 동기
내외들에게 집 내부를
안내하는 노무현 대통령

●● 2008.08.31. ─
마을주민들을 초청한
집들이에서 부부 도자기를
선물 받은 노무현 대통령
내외

●●● 2009.01.16. ─
사랑채에서 열린 권양숙
여사 생신 축하자리

제가 균형발전 정책을 후보 때부터 줄기차게 주장해서
지방 살리자고 말했는데 제가 온다고 지방이 곧 살아나는 것은
아니지만, 저라도 와서 살기라도 해야 되지 않겠습니까?
그래서 봉하에 있는 게 맞는 것 같습니다. 그러시지요?
제가 힘닿는 대로 하겠습니다.

— 노무현 대통령, 2008.05.20. 방문객 인사

# 주요 해외인사 접견

**2008.05.23.**
**모하메드 베자위(Mohammed Bedjaoui)**
**알제리 전 외무장관 접견**

귀향 후 첫 외국 사절의 예방으로 1시간 15분
가량 이루어진 이날 접견에서 노무현 대통
령은 "2006년 당시 알제리를 국빈방문 했을
때 열정적으로 환영해줘 감명받았다"며 압
델 아지즈 부테플리카 알제리 대통령과 국민
들의 안부를 물었으며 베자위 전 장관은 "노
대통령의 국빈방문이 한국과 알제리의 협력
관계가 추진되는데 힘이 됐다"고 화답했다.
이날 접견은 한국국제교류재단의 해외인사
초청사업 프로그램에 따라 방한한 베자위 전
장관의 요청으로 이루어졌다.

**2008.08.06.**
**빅토르 웨(Victor Wei)**
**주한벨기에대사 접견**

이임을 앞둔 빅토르 웨 벨기에 대사가 이임
인사차 봉하를 방문해 환담을 나누었다.
이날 방문은 벨기에 대사관 측 요청에 따라
이루어졌다.

## 2008.09.09.
### 알렉산더 버시바우(Alexander Vershbow) 주한미대사 접견

이임을 앞둔 버시바우 대사가 인사차 봉하를 방문했다. 1시간 가량 이어진 환담에서 "이임 하면 외교관을 은퇴할 생각인데, 노 대통령의 은퇴 생활이 알고 싶어 방문했다"고 말한 버 시바우 대사에게 노 대통령은 "재임 중 여러 가지 일도 많았고 이런 저런 어려운 일을 처리 하느라 수고가 많았다"며 "미국에 돌아가서 도 보람 있는 일을 하고 개인적으로 행복하길 바란다"고 화답했다. 한미관계와 대북문제 관 련 소재 환담 뒤 버시바우 대사는 노 대통령에 게 커피와 홍차세트, 쿠키, 책 등을, 노 대통령 은 김해 지역 특산품인 장군차를 선물했다.

## 2009.03.24.
### 후루노 다카오(古野隆雄) 박사 일행 접견

오리농법 창시자인 후루노 다카오 박사 일행 과 오리농법을 비롯한 친환경농업, 지속가능 한 환경과 생태의 중요성 등을 주제로 1시간 동안 환담을 나누었다. 이날 접견은 봉하마을 에서 오리농법으로 농사를 짓고 있다는 소식 을 접한 후루노 다카오 박사 일행의 방문으로 성사됐다.

2008.04.13. — 봉하마을을 찾은 시민들과의 인사를 위해 나서는 노무현 대통령과 문재인 당시 참여정부 전 대통령 비서실장, 주영훈 당시 경호실장

# 노공(盧公),
# 새로운 꿈을 꾸다

퇴임한 대통령의 망(忙)이 이정도일 줄은 몰랐다. 처음엔 집 안 정리가 급했다. 함께 봉하에 내려온 비서들도 한 손에 이삿짐 들고, 한 손에는 걸레 들고 바쁘게 움직였다. 동네 사람들과 인사도 나누어야 하고, 환영식 때 수고했던 분들에게 감사 인사도 드려야 하는데 겨를이 없었다. 귀향 닷새 째 되는 날 홈페이지에 짧은 인사만 먼저 올렸다. 그마저도 시민들의 게시글이 1만 개가 넘어가서야 겨우 올린 편지였다. 그 뒤로도 틈이 날 때마다 홈페이지에 글을 올려 소식을 전했다. 나중에는 필명도 하나 지었다. '우공이산(愚公移山)'으로 하려고 했는데, 선점한 임자가 있어 '노공이산'으로 했다.

  대화와 토론을 위한 사이트를 기획하고, 책을 읽고, 차분하게 생각하고 글을 써보려 했지만 진도를 내기가 쉽지 않았다. 매일같이 집 앞으로 찾아와 나오라고 소리치는 손님들 때문이었다. 한 번씩 현관에 나가 손을 흔들어 보지만 서로 감질나고 아쉽기만 했다. 나가서 악수도 하고 사진도 찍어 보려고 했는데 사람들이 많다보니 뒤엉켜 버린다. 아침 마실길에도, 봉화산 등산길에도 손을 내밀며 사진을 함께 찍자는 사람들이 많다. 일일이 주소를 적을 수도 없고, 적는다고 다 보내주는 일도 쉽지 않다. 일단 우리 쪽에서 사진을 찍고 각자 내려 받을 수 있도록 홈페이지에 올려놓는 걸로 해결했다.

  신기했다. 교통이 편한 곳도 아니고 편의시설이 갖추어진 곳도 아니다. 쉴만한 그늘도, 식사를 할 곳도 마땅치 않다. 그런데도 사람들은 자꾸만 봉하마을을 찾아 '대통령님, 나와주세요'를 외쳤다. 이유가 궁금해서 직접 물어보기도 했다.

  "왜 오죠?"
  "보고 싶어서요."
  "아무도 몰라요. 보고 싶어 오는 것 같은데 왜 보고 싶은지 그걸
   모르겠다는 거죠."
  "사랑하니까요."
  "왜 사랑하는지 그걸 모르겠다니까요. 서로 마음으로 통하는 사람,
   통하는 데가 있으니까 오지 않았겠냐… 그냥 거기까지만 아는 거죠.
   중요한 것은 자신의 이익을 위해서 하는 것은 아니라는 것이죠. 단순히
   재미만으로 하는 것도 아니고요. 무슨 이익 보려고 하는 일도 아니고
   뭔가, 우리가 뭔가 잘 할 수 있는 일이 있을 텐데, 그죠?"

하루에도 몇 번씩 나가 인사를 하고 이야기를 나누는 일은 힘들지만 반갑고 즐겁다. 볕 아래 서 있어야 하니 밀짚모자는 필수품이 됐다. 기왕 오셨으니 나만 보고 갈 것이 아니라 마을 구경도 하고 가시라고 볼거리를 소개한다. 그러자니 마을 청소하고, 봉화산을 가꾸고, 화포천을 정화하는 일도 미룰 수 없다. 일 년을 마냥 기다릴 수 없어 오리농법을 이용한 친환경 벼농사도 바로 시작하기로 했다.

마을에서는 자전거를 자주 타고 다녔다. 청소할 일이 있으면 장화를 신었고, 일손을 돕겠다고 찾아온 사람들과 풀밭에 앉아 막걸리 잔을 부딪치기도 했다. 부모의 손을 잡고 온 아이들도 많았다. 2002년 대통령후보경선 때부터 생긴 현상이다. 아이들을 볼 때면 눈을 마주치려고 노력한다. 이 아이들에게 무슨 말을 해야 할까. 어떤 이야기를 해야 꿈과 용기를 심어줄 수 있을까. 내가 지금 느끼는 가장 큰 고민은 우리가 아이들에

2008.04.10. —
비오는 날 우산을
쓰고 대문을 나서는
노무현 대통령

게 뭘 해주고 싶은 건가, 어떻게 되기를 바라는지를 풀어나가는 일이다. 나를 위해서가 아니고 이 아이들을 위해서, 이 아이들이 어떻게 되기를 바라나? 당연히 행복한 삶이다. 그리고 그 행복은 살기 좋은 세상이 올 때 주어진다. 하고 싶은 일을 즐겁게 할 수 있어야 하고, 실패해도 다시 일어설 수 있어야 한다. 승자와 패자가 더불어 살아야 한다. 결국 국가의 역할을 바꿔야 한다. 쉬운 일은 아니지만 투표 하는 사람들의 사고와 행동에 따라 이룰 수 있는 일이다. 거역할 수 없는 역사의 흐름이다.

양심이 부끄럽지 않으려고 작은 행동에 참여하고, 불의에 분노하는 친구들과 함께 하다 보니 대통령의 자리까지 갔다. 세상을 바꾸자는 꿈을 좇느라 내 주변을 아름답게 가꾸는 일에 신경 쓰지 못했다. 봉하마을 끄트머리 지붕 낮은 집에서 나는 새로운 꿈을 꾼다. 아름다운 추상과 구체적인 목표가 조화된 꿈. 늘 그래왔듯 최선을 다할 생각이다.

2008.08.23. —
커다란 스카프를 망토처럼 두르고 손녀와 함께 계단을 오르는 노무현 대통령

2008.08.02. ─ 봉하마을 방문 시민들과 대화하는 노무현 대통령

## 삶, 일상의 공간

아침 5시 경이면 눈이 뜨인다. 일어나면 먼저 침실 바닥에 매트를 깔고 명상체조를 한다. 요가와 스트레칭을 섞어 직접 개발한 동작으로, 건강을 위해 오랫동안 하루도 빠짐없이 지속해온 습관이다. 30분 이상 하는데, 다 끝내고 나면 머리가 맑아지는 느낌이 든다.

아침식사는 7시. 점심은 12시, 저녁은 6시 반. 변함없는 일과다. 손님이 없을 때는 아내와 주방 식탁 앞에 나란히 앉아 식사를 하곤 한다. 정면으로 보이는 창밖 풍경이 근사하다. 식후에는 안채 앞에 둔 의자에 앉아 커피 한 잔과 함께 잠시 달콤한 휴식을 취한다. 커피는 물론 가장 좋아하는 믹스커피다. 꼭 어릴 적 먹던 숭늉 맛이다.

아침시간이 끝나면 서재로 출근한다. 회의실이자 집무실이다. 하루 중 가장

많은 시간을 보내는 장소이기도 하다. 지난해 12월 5일 '따뜻해지면 다시 인사드리러 나오겠습니다'하고 마지막 인사를 한 뒤에는 차분하게 생각을 정리할 수 있는 시간이 생겼다. 보통 집필팀 회의를 정오까지 한다. 올해 신년인사를 온 손님들께 '반드시 책으로 일가를 이루겠다'고 한 다짐을 지키고 싶다.

이런저런 책을 읽으며 그동안 의문을 가졌던 여러 일들에 대한 실마리를 찾기도 한다. 책을 통해 새롭게 알게 되거나 확인하게 되는 일들이 완전한 해답을 주는 것은 아니지만, 이렇게 하는 동안 세상 이치를 깨우쳐 가는 기쁨이 있다. 자신에게 충실한 삶을 살고자 하는 노력에 스스로 보람도 느낀다. 고시 공부하던 시절로 돌아온 느낌이다.

서재는 사람의 드나듦과 빛의 흐름, 바람의 움직임을 보기에 가장 좋은 장소이기도 하다. 가족과 친구, 비서관들은 물론 기꺼이 먼 길을 온 손님들이 입구에서 모습을 나타냈다가 사라진다. 정오의 빛으로 가득 찬 중정은 해가 기울기 시작할 때와는 또 다른 느낌이다. 더운 날에는 냉방기능도 톡톡히 한다. 한낮 중정에 내리쬔 뜨거운 열기가 위로 올라가면 산에서 내려온 찬 공기가 그 자리를 채운다. 대기는 자연스럽게 순환하며 서재 쪽으로 바람을 불러온다. 천연 에어컨이다.

점심식사는 사랑채에서 손님들과 함께했다. 일일이 헤아려보지는 않았지만 그간 꽤 많은 손님들과 이곳 사랑채에 앉아 풍경과 시간을 나눴다. 고마운 일이다. 창 너머로 보이는 고향의 산과 들에 대한 감탄을 듣는 일은 언제나 큰 기쁨이다.

지금은 안채를 제외하고는 모든 공간에 신발을 신고 드나들지만 처음에는 채와 채를 오갈 때마다 다들 신발을 신고 벗었다. 아내도 그렇고 보좌진들도 그렇고 영 불편해보였다. 그래서 그냥 신발을 신은 채로 왔다갔다하자고 했다. 살고 있는 사람에 맞추어 바꾸어 가면 될 것이다. 그래도 문제는 있다. 불편한 집을 짓기로 해서 채 나눔을 하긴 했지만, 막상 지내고보니 나보다 아내가 더 힘들지 않을까 싶다. 비서관들의 업무공간과도 붙어있는 탓에 물 한 잔 뜨러 주방에 가더라도 한 번 더 매무새를 살필 것이다.

하루 일정이 마무리되고 어둠이 깔릴 때 즈음이면 안채 컴퓨터 앞에 앉는다. 홈페이지를 들여다보며 글도 쓰고 답글도 단다. 글쓰기를 통해 생각을 정리하고 소통한다. 타닥타닥 자판을 두드리는 소리가 아내에게 방해되지 않을까 조심스럽다. 하지만 무엇보다 소중한 시간이다.

요즈음 하루에도 몇 번씩, 대문 앞에 나가 손님들에게 인사를 합니다.
힘들지만 반갑고 즐겁습니다. 손님들은 저의 생가 보고, 우리 집 보고,
그리고 '나오세요' 소리치고, 어떤 때는 저를 한 번 보기도 하고,
어떤 때는 보지 못하고 돌아가십니다.

─ 노무현 대통령, 2008.03.06. 홈페이지 게시글 '봉하마을 참맛을 보고 가세요'

대문 밖에 또 난리가 났습니다. 이제 나가면 화포천까지 산책을
다녀올 생각입니다. 가며오며 만나는 사람들과 악수도 하고
사진도 찍을 생각입니다. 며칠 전처럼 또 길이 막혀 도망가야
할지도 모르겠습니다.

— 노무현 대통령, 2008.03.09. 홈페이지 게시글 '생활의 작은 기쁨'

얘들아, 대통령하고 싶어? 대통령이 아니라도 훌륭한 사람 되고 싶지?
근데 훌륭한 사람이 되려면 지금 작은 일을 잘해야 한다.
다음에 큰일을 잘하려고 모든 것을 뒤로 미루지 말고 오늘 당장 해야
되는 작은 일을 훌륭하게 해야 한다.

— 노무현 대통령, 2008.08.09. 방문객 인사

2008.05.05. — 노무현 대통령을 직접 그린 그림을 들고 봉하마을을 방문한 어린이

오늘 인사로 금년 인사를 마감했으면 좋겠습니다.
오늘 인사를 마지막 인사로 하고요,
내년에 날씨 좀 따뜻해지면 그때 다시 인사드리러 나올 겁니다.

노무현 대통령, 2008.12.05. 마지막 방문객 인사

2008.06.21. — 어린이 방문객이 선물한 꽃바구니를 들고 가는 노무현 대통령

2008.03.01. —— 현관 앞에서 시민들에게 손을 들어 인사하는 노무현 대통령

# 서사

공간의 시간 ——

**3**

노무현대통령의집은 노무현 대통령의
철학과 정기용 건축가의 미학이 만나
완성된 건축 작품이다. 철학은 사람의 삶과
지혜에 대한 담론이고, 미학은 철학의 미적
완결체로 그 모습을 그려낸다. 균형과 조화,
소통과 참여에 대한 노무현 대통령의 철학을
정기용 건축가는 소박하고 기능에 충실하며
아름다운 건축으로 번역해 완성했다.
노무현 대통령 서거 후 노무현대통령의집이
담지했던 철학을 밀고 간 주체는 시민이었다.
봉하마을 일대가 노무현의 꿈을 푯대삼아
나아갔다. 오직 노무현대통령의집만이 멈춘 채
새로운 기억의 축적을 기다리고 있었다.
공간의 시간이 다시 흐르기 시작한 건
'언젠가 시민들에게 돌려줄 집'이라는
노무현 대통령의 철학이 발아하면서였다.
노무현과 정기용, 두 사람이
노무현대통령의집에 깊이 새겨놓은
민주주의 철학과 건축 미학은 잊을 수 없는
영원한 시간이 되어 이곳을 찾는 시민들을
반갑게 맞이하고 있다.

## 건축개요

| | |
|---|---|
| **소재지** | 경상남도 김해시 진영읍 봉하로 135 |
| **설계** | 건축가 정기용 |
| **규모** | 지하 1층, 지상 1층(연면적 881.98㎡) |
| **용도** | 단독주택, 근린생활시설(경호시설) |
| **구조** | 철근 콘크리트조 |
| **외장재** | 흙다짐벽, 적삼목 |

## 주요일지

| | |
|---|---|
| **설계기간** | 2006년 4월부터 2008년 1월 |
| **착공일** | 2007년 1월 5일 |
| **완공일** | 2008년 2월 18일 |
| **입주일** | 2008년 2월 25일 |
| **특별관람** | 2016년 5월·9월 |
| | 2017년 5월 |
| | 2018년 2월 |
| **정식개방** | 2018년 5월 1일 |

# '불편한'
# '흙집'을
# 제안하다

노무현 대통령은 정기용 건축가에게 '마을 공동체의 모델이 될 베이스캠프', '드러나지 않으며 주변과 어우러지는 집'을 주문했다. 이러한 건축주의 요청에 대한 건축가의 화답은 '불편한 흙집'이었다. 효율적 동선과 편의성이라는 주택 설계의 일반적 요건에 반하는 제안이었다.

'불편함'은 이동시 일일이 신발을 신고 벗어야 하는 데서 비롯된다. 하나의 공간에서 나와 다른 공간으로 들어가는 과정에 '바깥'이 끼어든다. 실내에 있는 동안 차단됐거나 부분적으로만 가능했던 공감각적 체험이 가능해진다. 구름의 움직임과 바람의 흐름, 풀내음과 새소리를 가깝게 마주하는 일은 집을 둘러싼 환경을 끊임없이 인식하고 관계성을 확인하는 일이기도 하다. 이는 도시를 떠나 자연과 가까운 곳에 삶의 터전을 마련한 귀향의 의도와 부합한다.

> "대통령은 퇴임 후 고향에서 편한 여생을 보내려는 의도가 아니었다. 사저를 베이스캠프 삼아 봉하마을과 주변자연을 새롭게 살려내 재임 시 밀린 숙제 같은 농촌의 균형발전이 어떻게 가능한지 현장에서 몸 바쳐 일하고 싶다고 말했다. 그래서 나는 이렇게 제안했다. 농촌에서 일하며 지내시려면 수시로 농촌의 기후와 접해야 하고, 그러려면 옛날 농촌집의 배치처럼 채를 나누는 것이 바람직하다고. 그렇게 해서 중정을 중심으로 경호동과 사무동, 사랑채와 안채 이렇게 네 동으로 집을 배열했다."
>
> ── 정기용, 〈정기용 건축작품집(2011)〉

'흙집'은 집의 주재료이자, 두 사람의 합일된 철학을 드러낸다. 흙과 나무, 돌 등 자연소재를 사용한 이 집은 지대가 높은 땅의 특성과 주변 산세의 흐름을 껴안으며 낮게 들어앉았다. 자연을 거스르는 대신 조화를 택했다. 위세를 부리거나 홀로 우뚝 서지 않는다. 불편한 흙집에 어울리도록 낮은 지붕을 얹었다. '지붕 낮은 집'은 자연스럽게 이 집을 부르는 이름이 됐다.

## 분리와 연결, 채 나눔

우리나라 전통가옥 양식인 채 나눔을 차용했다. 침실과 거실이 있는 안채, 손님맞이와 식사가 이루어지던 사랑채, 회의와 연구의 공간이던 서재 등이 각각 분리된 공간으로 존재한다.

대신 처마는 길게 뺐다. 궂은 날 비를 가려주고, 더운 날 깊은 그늘을 만들어 채와 채 사이 왕래를 쉽게 했다. 안과 밖의 이분법적 구분이 사라진 자리에 사람과 바람, 햇빛이 자유롭게 드나든다. 공간들은 분리됨으로써 연결된다.

채 나눔은 이 집의 쓰임이 변화했을 때를 대비해 준비한 방안이기도 했다. 언젠가 시민에게 개방한다는 것이 노 대통령의 생각이었다. 설계과정 내내 사람, 시민에 대한 상상이 함께했다.

## 두 개의 영역, 하나의 집

노무현대통령의집에는 두 개의 영역이 공존한다. 서울에서 내려온 비서관들과 전직대통령 경호업무를 담당하던 경호관들이 사용하는 전직대통령 지원시설을 대통령 내외의 생활공간과 함께 연결해 두었다. 입구에 들어섰을 때 중정을 중심으로 왼편에는 공적인 국가 소유시설이, 오른편으로는 대통령 내외 두 분의 사적인 개인 공간이 한 지붕을 맞대고 있는 모양새이다.

원래 건축가는 두 공간을 떨어뜨려 배치하려 했다. 면적이 늘어나면 집이 커 보일 수밖에 없다. 불필요한 오해가 생길 수 있다. 하지만 노 대통령의 생각은 달랐다.

"그럴 필요 없습니다. 어차피 여러 해 가족같이 지내야 할 텐데, 서로 붙어 있는 것이 비서들이나 경호실 직원들에게 편리할 것입니다."

다른 기능을 가진 두 영역을 하나의 통합된 건축 안으로 끌어들이는 일은 건축가의 숙제가 됐다.

## 대통령님, 나와주세요

### 입구 골목과 대문

노무현대통령의집은 마을 끄트머리 야트막한 언덕에 자리 잡았다.
경비초소가 있는 입구에서 대문까지는 완만한 경사의 진입로로 연결되어 있다.
대문을 나서면 노무현 대통령 생가가 바로 보인다. 생가 옆 작은 마당은 노무현
대통령이 시민과 만나던 '만남의 광장'이다. 고향으로 돌아온 대통령을 만나기
위해 전국에서 수많은 시민이 봉하를 찾았다. '대통령님, 나와주세요'라는
외침이 들리면 노무현 대통령은 대문을 나서서 시민들과 얼굴을 마주하고
소박한 대화를 나눴다. 어떤 날은 그 횟수가 하루에만 십여 차례에 이르렀다.
2008년 3월 1일부터 마지막 인사가 있던 그해 12월 5일까지 노무현 대통령은
총 153일 간 369번 방문객 인사를 진행했다.

금년까지는 제가 여길(대화마당) 지키려고 합니다.
대통령할 때 욕을 많이 먹었는데 여기 와서는 손님들이
칭찬해 주시니까 고맙잖아요, 그죠? 고마워서 기다려야죠.
여러분이 여기 오시니까.

— 노무현 대통령, 2008.07.12. 방문객 인사

아름다운 마을을 만들고 싶거든요.

저희 집은 아름답게 지어놨는데

제 집만 아름답다고 행복한 건 아니거든요.

마을까지 다 아름답게 되고,

나아가서는 전 국토가

우리 마을처럼 아름다운 나라를 만들자,

이런 목표를 세우고 있거든요.

— 노무현 대통령, 2008.05.20. 방문객 인사

대통령으로서 하지 못한 일은 시민이 할 수 있으면 되지요.
시민이 돼서 시민이 할 수 있는 일을 하면 된다,
이렇게 생각하는데 그게 뭔지 저도 딱 떨어지지 않아요.
그것은 일이 없어서보다는, 너무 많아서 오히려 뭘 할까
망설여야 되고 뭘 구체적으로 하려면 혼자선 할 수 없고
함께 해야 해요, 무슨 일이든 간에.
함께 해야 되는데 어떻게 '함께'를 모을 수 있느냐
이런 것이 이제 어렵죠.

— 노무현 대통령, 2008.05.04. 방문객 인사

# 낮은 담장을 따라서

## 남쪽길과 산딸나무

대문에 들어서면 오른편에 낮은 돌담을 따라 조성한 산책로가 보인다.
사자바위를 마주하며 걸음을 옮기면 곧 이 집에서 유일하게 표지석이 있는
나무와 만나게 된다. 제주에서 온 토종 산딸나무로, 제주4·3희생자유족회가
선물했다. 노무현 대통령은 취임 첫해인 2003년 10월 제주도민
오찬간담회에서 국정최고책임자로서 처음 제주4·3사건에 대해 공식 사과했다.
국가권력이 저지른 잘못은 반드시 정리하고 넘어가야 한다는 믿음의
실천이었다. 그 고마움의 표시로 제주4·3희생자유족회는 2008년 두 차례
노무현대통령의집을 방문했다. 이러한 궤적과 인연이 산딸나무에 담겼다.

## 제주4.3사건과
## 노무현 대통령

'제주4·3위원회'는 2003년 10월, '제주 4·3사건 진상보고서'를 발간하고 민간인 희생에 대한 정부 차원의 사과 등 7개 항을 건의했다. 노무현 대통령은 이를 받아들였다. 노 대통령은 제주도민과 가진 오찬간담회에서 4·3사건을 거론했다. 4·3사건에 대한 국정책임자 최초의 공식 사과였다. 간담회에 참석한 제주도민들은 박수와 눈물로 화답했다. 해원(解寃)의 순간이었다.

2년 반이 흐른 2006년 4월 3일 노무현 대통령은 제주4·3사건 희생자 위령제에도 참석, 추도사를 통해 거듭 사과의 뜻을 밝혔다. 노 대통령은 이날 "자랑스런 역사든 부끄러운 역사든, 역사는 있는 그대로 밝히고 정리해나가야 한다. 특히 국가권력에 의해 저질러진 잘못은 반드시 정리하고 넘어가야 한다"며 화해와 상생을 위한 국가권력의 책임을 강조했다.

**산딸나무** Cornus kousa Buerg

층층나무과에 속하는 낙엽
교목으로 겨울에 잎이 지는
큰키나무다. 제주 한라산부터
중부 이남 산지의 숲에서
자란다. 높이는 5~10m 정도이며
12m에 이르는 것도 있다.
가지가 층을 지어 옆으로 퍼지며
나무껍질은 어두운 잿빛이나
갈색이다. 잎은 마주나며

달걀 혹은 타원 모양으로
가장자리에 잔물결 모양이
있다. 6월 무렵 가지 끝에
무리지어 꽃이 핀다. 각각의
꽃은 4장의 꽃잎과 4개의
수술, 1개의 암술이 있다.
10월 경 맺는 붉은 열매가
딸기와 비슷하게 생겨
산딸나무라고 한다.

이 산이 저에겐 정말 좋은 산인데요,

올라가면 낙동강이 보이고요.

어릴 때는 그게 제가 볼 수 있는 더 넓은 세계의

모두였습니다.

중학교 2학년 때까지 버스나 기차를 타고

진영을 나가본 일이 없으니까

저 기차가 가는 곳이 동경의 대상이죠.

소꼴 매러 갔다가 기차 지나가면 모든 일을 멈추고

손 흔들었어요. 그 기차와 낙동강이 저의 눈에 보이는

가장, 뭐랄까… 꿈을 상징하는 것이었죠.

봉화산이 매우 낮잖아요. 낮아도 넓게 보여서 좋고.

전 대통령이 돼도 별로 높아 보이지 못했으니까

저 산이 매우 친하게 느껴지고, 옛날엔 생각을 못 했는데

지금 보면 내가 저 산처럼 개구리를 지켜주는 그런…

생태계 균형이라고 말할 수도 있지만

우리 사회 진보의 가치를 말하는 거 아니겠습니까?

그걸 좀 은근히 저는 기뻐합니다.

동일시하고, 기뻐하고 그렇게 하지요.

— 노무현 대통령, 2008.08.03. 방문객 인사

# 차경의 미학

## 사랑채

손님맞이와 식사가 이루어지던 장소다. 채광과 풍광을 고려해 동쪽 천장을
서쪽에 비해 높게 설계했다. 특히 창 내는 위치를 세심히 신경 썼다.
동쪽과 남쪽, 수직과 수평의 프레임을 통해 봉하의 산과 들이 한눈에 들어온다.
바깥의 경치를 내부에 빌려오는 차경(借景)의 효과가 돋보이는 대목이다.
사자바위와 봉화산 풍경이 한눈에 들어오는 동쪽 창은 세로로 길게 냈다.
네 폭 병풍을 연상케 하는 각각의 창틀 안에는 잘생긴 소나무가 한 그루씩
들어가 있다. 뱀산과 봉하들판이 정면으로 보이는 남쪽 창은 가로로 길게 냈다.
뱀산 중턱에는 청년시절의 노 대통령이 고시 공부를 시작한
마옥당 터가 남아있다.

친구가 생선회를 가지고 와서 점심을 함께 먹었습니다.
밥상에 올라와 있는 김해 상동 산딸기주가 맛이 괜찮습니다.
내가 지금까지 먹어 본 와인 중에는 그중 입에 짝 붙습니다.

— 노무현 대통령, 2008.03.27. 홈페이지 게시글 '회원 게시판은 30,000번째 글이 가까워지고 있네요'

## 신영복
## 선생과의
## 인연

사랑채 남쪽 벽면에 걸린 '사람 사는 세상' 액자는 고 신영복 선생의 글씨다. 글을 쓴 날짜는 확인되지 않았다. 다만, 윤태영 전 참여정부 청와대 대변인의 저서 '바보, 산을 옮기다'에서 관련 내용을 확인할 수 있다. 신영복 선생과 노무현 대통령은 각각 46회와 53회로 부산상업고등학교(현 개성고) 선후배이기도 하다.

"9월 초순, 그가 문득 액자 하나를 찾았다. '사람 사는 세상'이라는 글이 쓰인 액자였다. 정치인 노무현의 최초 후원회가 둥지를 틀었던 여의도 사무실에 걸려 있던 액자였다. "못 찾겠거든 이 기회에 신영복 선생에게 하나 써달라고 부탁하자"는 말을 덧붙였다."
— 〈바보, 산을 옮기다(2015)〉

저는 옛날 국회의원 초선 시절부터 서명을 할 때
'사람 사는 세상'이라는 서명을 합니다. 여러 가지 뜻이
있고 조금은 깊은 뜻도 있지만 복잡하게 생각하지
않더라도 사람 살기 좋은 세상이 사람 사는 세상이죠.

— 노무현 대통령, 2007.10.18. 혁신벤처기업인 특별강연

서사 : 공간의 시간

## '담쟁이'를
## 내리다

'사람 사는 세상' 액자 맞은편에는 원래 도종환 시인의 시
'담쟁이' 전문을 새긴 서각 작품이 걸려있었다. 자신의 삶
을 닮은 이 시를 대통령은 아꼈다. 하지만 서거 며칠 전
노무현 대통령은 비서관에게 이 액자를 내리자고 하였다.

# 넓게 트인 잔디마당

## 안뜰

사랑채, 주방, 안채 등과 접한 마당이다. 소나무 숲 너머 우뚝 솟은 사자바위와
시원하게 펼쳐진 봉하들판을 조망할 수 있는 최적의 장소다. 낮게 두른 돌담
안쪽에는 잔디를 심었다. 가족행사 등 다양한 용도로 활용이 가능한 공간이다.
실제 손자의 백일잔치를 비롯해 마을 주민 초청 집들이 겸 노무현 대통령의
62번째 생일잔치가 안뜰에서 열렸다.
입주 초기에는 무쇠가마솥을 올린 아궁이 두 개도 안뜰 한편에 있었다고 한다.
뒤뜰로 향하는 모퉁이, 매실나무 옆에 놓인 장독대가 시골집의 정취를 더한다.

원래 이 공간은 대통령께서 봄이나 가을 저녁 해질녘이 되면
조그만 음악회도 열고 사람과 모여서 담소도 나누고 하는 곳으로
만들어 보고 싶어 하셨어요. 그런데 그걸 한 번도 제대로 못해봤네요.
이 집으로 이사 오신 후 여기서 했던 첫 행사가 마을 주민들 초청한
집들이 행사였어요. 마을 주민들도 그때 노무현대통령의집에
처음 들어와 보셨죠.

— 김경수, 2018.03.17. 노무현대통령의집 안내 해설

# 글쓰기와 휴식

## 안채

대통령 내외의 개인생활공간이다. 침실과 거실, 욕실로 이루어져 있다.
퇴임 후 문을 연 '사람사는세상' 홈페이지와 온라인 토론마당
'민주주의 2.0'에 올린 글 등 노무현 대통령의 글 대부분이
이곳에서 작성됐다. 모니터 두 대를 하나는 자료검색용으로,
또 하나는 집필용으로 활용했다. 바탕화면에는 노 대통령이 남긴
마지막 글이 한글문서로 저장되어 있다. 책상 한 편에는 손주들이
붙여놓은 만화캐릭터 스티커가 그대로 남아있다.
침실 쪽 벽면에 '愚公移山(우공이산)'이 쓰인 액자가 있는데,
이는 2007년 10월 13일 청와대를 방문한 신영복 선생이 선물한 것이다.
대통령 서거 후 일 년에 두 번 유족과 친인척, 보좌진들이 모여
신년차례와 제사를 지내는 장소이기도 하다.

## 우공이산
(愚公移山)

'어리석은 노인이 산을 옮긴다'는 고사성어 '우공이산'을 노무현 대통령은 각별하게 생각했다. 2003년 6월 2일 취임 100일 기념 기자회견에서도 "거창한 구호나 약속보다 한 걸음, 한 걸음 목표를 달성해가는 '우공이산'의 심정으로 국정운영에 임할 것이며 자신 있게, 끈기 있게 나아가겠다"고 밝힌바 있다. 퇴임 후 노무현 대통령은 인터넷 필명을 '우공이산'으로 하려 했으나 이미 그 이름을 선점한 사람이 있어 '노공이산'으로 지었다.

행복이라는 것은 순간으로 평가할 일이 아닌 것 같아요.

어느 한 사건, 순간을 가지고 대답할 수밖에 없는 일이지만

행복이란 것은 어느 한 순간의 일로 평가할 수 있는 일이 아니라고

생각해요. 그냥 제 인생 전체가 행복했던 것이죠.

굳이 한 순간을 꼽자면 내가 후보가 되고 대통령에 당선된 일,

그게 가장 보람된 일이었다고 생각합니다.

대통령의 권능으로 했던 어떤 일보다 내가 대통령에 당선됐던 일

그 자체가 사회적으로나 개인적으로나 가장 의미 있는 일이

아니었나 생각합니다.

— 노무현 대통령, 2008.11.07. 부산상고(현 개성고) 교지 '백양' 인터뷰

# 집 안으로 들어온 산자락

## 뒤뜰

뒷산의 산세가 고스란히 이어지도록 산비탈에 다양한 화초를 계단 형태로
조성한 소박하고 아담한 정원이다. 우리나라의 궁궐, 사찰은 물론 일반 살림집
등에서 찾아볼 수 있는 전통 정원양식으로 꽃계단, 즉 화계(花階)라 불린다.
개화시기가 다른 식물을 골고루 심어 계절마다 다채로운 풍광을 감상할 수 있다.
안채와 서재의 창이 뒤뜰과 접해있다.

목단하고 작약이 꽃이 피면 두 개가 구분이
잘 안돼요. 그래서 대통령께서 늘 꽃이 피어 있으면
장난 비슷하게, 짓궂게 뭔지 아냐고 물어보세요.
그러면서 나무에서 피는 꽃이 모란(목단)이고,
작약은 풀이라서 땅에서 바로 피어 꽃대가
올라온다고 설명하시곤 했죠.

— 김경수, 2018.03.17. 노무현대통령의집 관람 안내

연구와
토론의 장

## 서재

노무현 대통령이 집 안에서 가장 많은 시간을 보낸 공간이다.
살기 좋은 농촌 만들기와 친환경 생태농업을 위한 보고나 회의는 물론
민주주의와 진보의 미래에 대한 논의와 토론이 이곳에서 이루어졌다.
빔 프로젝터와 원격회의를 위한 화상 카메라 등을 설치했다.
서가에는 919권 여의 책이 서거 전 배치 그대로 꽂혀있다. 해당 도서
목록과 간략한 정보는 온라인 노무현사료관(archives.knowhow.or.kr)에
공개하고 있다. 노무현 대통령은 서재와 침실 등 손 닿는 곳에
책을 가까이 두고 다독했다. 철학, 사상서 등 무거운 책을 보다가
꽃 이야기 같은 가벼운 책을 휴식삼아 보는 등 여러 권을 동시에 보는
스타일로 책상 위에도 늘 열 권 정도의 책이 쌓여 있었다.
서재는 봉하마을을 찾은 시민과의 만남이 시작된 곳이기도 하다.
회의를 주재하거나 업무를 보다가 "대통령님, 나와주세요"하는 외침이
바깥에서 들려오면 옷걸이에 걸린 밀짚모자를 눌러쓰고
방문객들을 맞이하러 나서곤 했다.

책을 읽고 새롭게 알게 되거나 확인하게 되는 것들이 모두
제가 풀고 싶은 의문에 완전한 해답을 주는 것은 아니라 할지라도,
이렇게 하는 동안 세상 이치를 깨우쳐 가는 기쁨이 있고,
자신에게 충실한 삶을 살고자 노력에 스스로 보람을 느낍니다.

— 노무현 대통령, 2009.02.22. 홈페이지 게시글 '자신에게 충실한 시간을 보내고 있습니다'

삶이 무엇이고, 왜 어떻게 살아야 하는지를 알아낼 수는 없을 것입니다.
세상이 무엇이고, 어디로 가야 할 것인지, 우리가 무엇을 할 수 있는지에
관하여는, 불변의 진리를 알 수는 없을 것이지만, 오늘을 사는 우리가
가야할 길을 서로 나눌 수 있을 만큼은 다가갈 수 있을 것입니다.

— 노무현 대통령, 2009.02.22. 홈페이지 게시글 '자신에게 충실한 시간을 보내고 있습니다'

# 소통과 배려를 위한 배치

## 비서실과 경호대기실

대통령과 함께 귀향한 비서관들과 전직대통령 경호 업무를
담당하는 경호관들의 사무공간으로, 국가소유구역이다.
대통령 업무공간인 서재와도 바로 잇닿아 있다.
업무상 필요하면 격의 없이 직접 소통하는 노 대통령의
업무 스타일과 경호 동선을 최소화해 마을주민의 불편을
최소화하려는 배려가 담긴 공간배치다.

회의를 해보니 모두들 용량초과입니다. 업무환경체계 잡고,
홈피 관리하고, 일정 관리하고, 손님맞이 하고, 이런 일상적인
일들도 벅찬데, 벌써 며칠째 동네 청소하고, 장군차 나무 심고,
장군차 시범마을 다녀오고, 동네사람들과 친환경 농업에 관해
토론하고, 이런 일까지 하자니 정신들이 없나 봅니다.
한 달째 아직 하루도 쉬지 못한 모양입니다.

— 노무현 대통령, 2008.03.27. 홈페이지 게시글 '회원 게시판은 30,000번째 글이 가까워지고 있네요'

채와
채의 만남

노무현 대통령이 지붕 낮은 집 —— 168

## 중정

채와 채가 모여 하나의 집을 이루는 노무현대통령의집에서 중정은 모든
공간과의 관계성이 발생하는 장소이자 수렴되는 곳이다. 중정으로 인해
이 집이 품은 두 개의 영역은 융통성을 갖고 원활하게 기능한다.
해가 좋은 날에는 자갈을 깐 마당이 빛으로 가득 찬 광정(光庭)이 된다.
마당을 둘러싼 공간은 지붕을 길게 내어 그늘을 만들었다.
특히, 중정에 마주한 비서실과 경호대기실, 서재 앞쪽으로는 바닥에
나무를 깔아 툇간을 만들었다. 통로이자 마루다. 조촐한 연회와 공연
장소로의 활용을 염두에 뒀다.

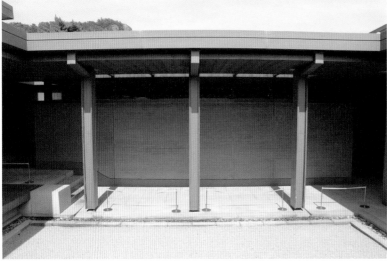

여기 보이는 이 회랑과 처마는 노무현 대통령께서 일부러

만들어 놓으신 거에요. 이 집을 설계할 때부터 노무현 대통령께서는

당신께서 이 집에서 살만큼 살고 난 다음에는 시민들에게

돌려드려야 한다고 생각하셨어요.

그때 사저를 관람하러 오신 분들이 비나 눈을 안 맞게 하시려고

회랑과 처마를 길게 내어 놓았습니다. 시민들에 대한 배려가

이 회랑 안에 포함 되어 있는 거지요.

— 김경수, 2018.03.17. 노무현대통령의집 관람 안내

마을 안에서 조그만 집에 살다가 나중에 형님이 취직을 해가지고
조금 큰 집으로 옮겼다가 거기서 제가 고시 되고 1976년도에
살림을 나갔어요. 예, 그러니까 삼십년 되었네요.
이사를 나가서도 이사를 많이 다녔는데 주민등록초본이 뒤가 새까매요.
마지막에 청와대까지 갔다가 그 다음에 이리로 이사를 왔어요.
요게 절반은 국가 소유입니다. 왜냐면 절반은 경호실이니까요.
근데 전부 다 보고도 사람들은 별로 크다고 말을 안 해요.
제가 볼 땐 큰데.

— 노무현 대통령, 2008.06.07. 방문객 인사

## 마옥당
(摩玉堂)

1966년 노무현 대통령이 고시 공부를 시작한 작은 토담 집이다. 노 대통령의 양친이 일군 감나무 밭에 형님과 함께 손수 지었다.

구슬을 갈고 다듬듯 학문에 정진하라는 뜻으로 '갈 마', '구슬 옥'자를 써서 노 대통령 선친이 '마옥당'이라 이름 붙였다. 현재 뱀산 기슭에 그 터만 남아있다.

제가 저 건너 산에서 고시 공부를 했습니다.
과수원 한가운데 토담집이 하나 있었죠.
저는 기술이 없으니까 돌 갖다 나르고, 형님은 토담 다 쌓고…
담 그게 아무나 쌓는 것 같은데요,
쌓아보면 비뚤비뚤해지고 비딱하게 올라가요.

— 노무현 대통령, 2008.08.09. 방문객 인사

## 기록의 공간

### 지하층

경사진 땅의 특성을 살린 설계는 지하층 활용에도 드러난다.
대문에서 현관으로 향하는 계단도 원래의 경사를 살린 것이다.
주차장, 기계실, 수장고 등이 위치해 있으며 지상층과 마찬가지로
개인소유구역과 국가소유구역으로 공간이 구분되어 있다.
입구 주차장에는 노무현 대통령이 봉하마을에서 타고 다니던
전기자전거를 비롯해 손주들을 태우기 위해 연결했던 트레일러,
2002년 새천년민주당 대통령후보 경선 때부터 대통령 당선인 시기까지
이용했던 차량과 퇴임 후 사용했던 차량 등을 보관하고 있다.
노무현 대통령 서거 후 창고로 사용하던 지하 실내 공간은 2017년,
항온항습 설비 등 보존환경 정비를 거쳐 기록물 수장고로 활용하고 있다.
노무현대통령의집에서 보관하던 유품과 소장품을 비롯해 다양한 형태의
물리적 사료 약 1만9천여 건을 관리·보존하고 있다.
이 집에서 유일하게 구조가 변경된 공간이기도 하다. 지상층이
노무현 대통령에 대한 '기억의 공간'이라면 지하층의 수장고는 그 기억을
보존하고 유지하는 물적 토대인 '기록의 공간'이라 말할 수 있다.

181 —— 서사 : 공간의 서사

나는 여러분들에게 기록대통령으로 기억되고 싶습니다.

— 노무현 대통령, 2008.01.22. 대통령기록관 방문 인사

# 기억

사 람 의 인 연

4

기억의 힘은 사람의 인연으로
더욱 단단해진다. 사람이 사람을 만나
새로운 인연을 만들고, 그 인연에 대한
기억이 쌓여 역사가 된다.
'인연'은 '사람의 모습을 한 기억'의 또 다른
이름이다. 노무현 대통령의 삶과 역사는
수많은 인연의 기억을 통해 다양하게
재구성될 수 있다. 우리가 누군가를
기억하는 이유이고, 그리워하는 방법이다.
여기 노무현 대통령을 기억하는 사람들이
있다. 오랜 벗과 비서관, 조경전문가,
제주4.3희생자유족회, 노무현재단
후원회원, 자원봉사자가 그들이다.
첫 인연의 사연은 모두 달랐지만
이들의 기억이 끝내 이른 곳은 한결같이
노무현 대통령의 꿈과 삶이 기록된
마지막 장소, 노무현대통령의집이었다.

# 원 창 희

## 노무현 대통령의 오랜 친구

부산상고 재학시절부터 인연을 이어온 오랜 친구다. '체구는 작지만
눈이 또롱또롱하고 명랑한 친구'가 노무현 대통령에 대한 첫인상이었다.
친구들이 흔히 그러하듯, 허물없이 서로의 집을 오가며 교류했다.
봉하 신혼집부터 부산, 서울 등 노 대통령이 거쳤던 집 대부분을 기억한다.
가장 좋은 집은 물론 마지막 집이었던 '노무현대통령의집'이다.
퇴임 후 고향으로 돌아온 친구가 혹 적적하진 않을까 싶어
거의 매주 봉하를 찾아 변함없는 우정을 나눴다.
이 인터뷰는 2018년 3월 21일 부산 원창희 선생의 사무실에서 진행했다.

← 1964.02.01. ─
부산상고 친구들과
기념촬영하는 학창시절의
노무현 대통령(맨 오른쪽)

# 일생을 함께한
# 친구

## 1 ————

노무현 대통령하고는 1963년 부산상고에 입학하면서 인연이 시작되었습니다. 그때만 해도 다들 가난하게 살던 시절이었어요. 당시 부산상고에서는 한 해에 60명씩 장학생을 뽑는 제도가 있어서 학생들이 장학금을 보고 지원을 많이 했습니다. 저희가 입학할 땐 장학생 포함해서 모두 480명이 들어갔지요. 그 중에서 체구는 작지만 눈이 또롱또롱하고 명랑하던 친구가 바로 노무현 대통령이었습니다. 저하고 같은 반은 아니었어요. 그래도 옆 반이다 보니 쉬는 시간이면 우리 교실까지 놀러오고 그랬지요. 서로 이야기가 아주 잘 통해서 자주 어울렸던 것 같습니다.

고등학교를 졸업한 다음에도 제일 꾸준히 만났던 친구였어요. 중간에 여러 가지 사연도 많고 우여곡절도 있었지만 제 일생에서

1994.08.03. ——
캐나다 여행 중 전망대에 들른 노무현 대통령 내외와 원창희 선생 내외

가장 오랫동안 만났던 친구 중 한 사람입니다. 고등학교를 졸업하고 노무현 대통령이 울산에서 잠깐 공사판 일을 한 때가 있었어요. 그때 일하다 다쳤는데 간호사에게 연락을 받고 병원비 보증을 선 것도 저였고, 매일 병원 출퇴근 하면서 병간호를 한 것도 바로 저였습니다. 퇴원하던 날 같이 술도 많이 마셨던 기억이 나네요.

노 대통령이 사법고시에 합격하고 판사로 잠깐 있다가 부산에 내려와 변호사 사무실을 열었습니다. 그땐 이미 저나 노무현 대통령이나 결혼을 했을 때라 한 달에 한 번씩 부부동반으로 식사도 같이 하고, 나이트클럽도 가고, 술도 한 잔씩 하고 그랬죠. 그러다 한동안 좀 뜸해졌어요. 아마 노무현 대통령이 사회운동을 시작할 시기였던 것 같아요. 저는 직장 그만 두고 제조업을 할 때였는데 그때부터 의견 충돌이 많아지더라고요. 노무현 대통령은 민주화운동이나 노동문제에 관심이 많았는데 저는 좀 반대하는 입장이었습니다. 왜냐하면 아직까지 우리는 살기가 어려운 형편이니까 조금 더 참아야 한다고 생각했거든요. 서로 생각이 많이 달랐던 때였습니다.

## 2

노무현 대통령이 정치에 입문해서 국회의원 선거에 나갔을 때 마침 저는 우리 고등학교 동기회장을 하고 있었어요. 그러니 선거운동을 안 할 수가 없었죠. 노무현 후보 명함을 이만큼씩 받아가지고 아는 사람들한테 돌리면서 부탁도 하고 그랬는데 어느 날 우리 회사로 정보과 형사들이 찾아왔더라고요. 선거운동 도와주지 말라고요. 그래서 제가 형사들한테 탁 터놓고 얘길 했습니다. '내가 나중에 잡혀 가더라도 이건 해야 된다. 그러니 이해 좀 해 달라'고 말이에요. 결국 당선이 됐어요. 굉장히 기쁘더라고요.

그러고 나서 바로 청문회 스타가 됐잖아요. 청문회 끝나고 노무현 국회의원이랑 우리 친구 몇 명이 따로 만나 소주 한 잔 하면서 이런 말을 했어요. "야, 국회의원 중에서 니가 제일 똑똑터라. 대통령해도 되겠다." 이 말이 씨가 돼서 그런지 나중에 정말 대통령 후보가 되더라고요. 이때도 제가 우리 동문 조직하고 총괄해서 선거운동을 했어요. 그때 노사모랑 우리 부산상고 동문회가 선거운동 참 열심히 했네요. 당은 후단협(후보단일화협의회의 줄임말, 국민통합21 정몽준 후보와의 단일화를 요구하며 노무현 후보 사퇴를 주장하던 새천년민주당 의원들이 주축이다)이다 뭐다 정신이 하나도 없었는데 말이에요.

취임 하고 나서 한 1년 반쯤 되었을 때였던 것 같아요. 대통령 관저에서 다 같이 식사를 하다가 자연스럽게 퇴임 후 이야기가 나왔어요. 임기 끝나면 어디가서 살 생각인지 제가 먼저 물어봤어요. 그때까지만 해도 임기 초여서 그랬는지 미처 생각을 안 해 보신 것 같더라고요. 그래서 제가 부산으로 가자고 그랬지요. 지방분권을 주장하는 대통령이었으니 직접 실천하는 모습을 보여주자는 취지였어요. 옛날에 선비가 벼슬을 그만두면 낙향해서 후진도 양성하고 새로운 문화도 만들고 했던 것처럼 말이에요. 그러다 노무현 대통령 고향인 봉하마을로 들어가게 된 겁니다. 제가 볼 때는 노무현 대통령이 퇴임 후 고향으로 내려 온 건 아주 잘한 일이에요. 봉하마을에서 여러 가지 많은 꿈들을 펼쳐 보려고 하셨거든요.

## 3

노무현 대통령 퇴임식 날 저도 같이 기차를 타고 내려갔어요. 그 다음부터는 일주일에 한 번씩 매주 갔고요. 봉하마을이 서울에서 멀다보니까 노무현 대통령이 외롭고 심심할 수도 있겠다 싶었어요. 그래서 제가 주도해서 함께 어울리고 같이 노는 모임을 한두 개 만들었지요. 지금도 그 모임은 이어지고 있어요. 요즘도 일주일에 한 번, 열흘에 한 번 꼴로 봉

2008.03.13. ——
집 뒤편 장군차밭에서
자원봉사자들에게
손을 들어 인사하는
노무현 대통령

추모의 기록 : 여정

하마을에 가봅니다. 노무현 대통령은 떠나셨지만 저는 아직도 느낌이 그렇지 않아서요. 봉하마을에 가면 또 만날 수 있을 것만 같기도 하고 그래요. 일생을 함께한 친구잖아요.

노무현 대통령은 산이나 들에서 자라는 식물을 좋아하셨어요. 고급스런 꽃보다는 잡초같이 자라는 야생화나 들풀 같은 것들 말이죠. 식물도감 같은 책도 사다 놓고 공부도 하시고 그랬으니까요. 봉화산 능선 너머 한림 쪽으로 가면 낚시터가 하나 있는데 그 코스를 따라 같이 등산을 한 적이 있어요. 예전에는 그 길에 부처손이 많았는데 요즘은 찾기 힘들다고 하더라고요. 나중에는 어디서 직접 부처손을 구해 와서 집 안 정원에도 심어놨어요.

노무현 대통령이 한참 우울해 하실 때 제가 바람 한번 쐬러 가자고 해서 같이 거제도도 다녀온 적이 있어요. 마침 봄이었는데 봄에 거제도에 가면 도다리쑥국이 유명하거든요. 간 김에 회도 한 점 하자고 그랬죠. 아마 그날이 3월 이십 며칠인가였을 거예요. 자동차를 타고 통영 해안가 쪽으로 가니까 가슴도 탁 트이고 기분도 한결 좋아지더라고요. 그래서 중간에 차를 세워놓고 '야 좋다!' 소리도 한 번 질러보고 그랬었죠. 그날 하루는 모든 걸 다 잊고 그렇게 보내려고 했어요. 저녁 땐 우리 부부하고 같이 식사도 하고, 조경하셨던 분들도 오시라 해서 이야기도 나누고 그랬죠.

## 4

노무현대통령의집은 그냥 쉽게 지은 집이 아니에요. 설계할 때부터 나름대로 여러 가지 의미를 담으려고 노력했어요. 정원에 있는 나무 하나 돌 하나까지 다 크고 작은 의미를 부여할 수 있으니까요. 아방궁이다 뭐다 뻥튀기가 돼서 잘못 알려졌던 때도 있었어요. 그런 말을 들어보신 분들이 여기 한번 와 보시고는 진짜 너무 심하게 왜곡된 말이라고들 하세요. 그래서 오히려 개방이 늦었다는 생각이 들어요. 개방되고 나면 사람들이 직접 보고 느끼고 판단할 수 있을 텐데 말이에요.

여사님이 다리를 다쳐 목발을 하고 계실 때였으니깐 아마 크리스마스 즈음이었던 것 같아요. 누가 노래방 기기를 갖다 줘서 지하에 있는 방에다 설치를 해놨는데 아직 한 번도 안 써봤다 그러시더라고요. 그래서 제가 그거 한 번 해보자고 해서 노무현 대통령하고 같이 술도 한 잔 곁들여 가면서 노래방 기계 가동식을 처음으로 했어요. 지하다 보니까 밖으로 노래 소리도 안 나가고 좋더라고요. 생각보다 재미있어서 종종 이용하자고 그랬는데 결국 다시는 못해봤네요. 그날이 처음이자 마지막이었던 셈이죠.

사랑채에서는 막걸리도 한 잔하고 산딸기 와인도 한 잔하고 그랬어요. 산딸기 와인은 상동인가 어딘가에서 나는 특산품이었는데 노무현 대통령께서 참 좋아하셨어요. 사랑채는 손님을 맞이하는 방이라 경치도 좋았고요. 그래서 산딸기 와인을 가져다 놓고 손님들 오시면 한 잔씩 대접도 하고 그랬지요. 노무현 대통령이 집 뒤쪽에 장군차를 많이 심어 놨어요. 얼마 전 봉하마을에 갔을 때 여사님하고 함께 쭉 둘러봤더니 무럭무럭 잘 자라고 있더라고요. 그거 보고 제가 여사님께 노무현대통령의집 개방 때 장군차를 가지고 체험행사를 하면 좋겠다고 말씀을 드렸어요.

# 5

동네 아저씨 같은 대통령이셨죠. 잘 모르는 사람들은 노무현 대통령이 행동을 가볍게 한다고 평가하기도 했지만 그건 아닌 것 같아요. 대통령 본인이 상당히 의도적으로 친근한 대통령이 되려고 노력했던 건 사실이에요. 봉하마을 주민들은 어릴 때부터 다 아는 사람들이었으니까 더 잘 어울리고 그랬죠. 아주 평범한 보통사람으로 돌아오신 거지요. 노무현 대통령 본인이 이웃집 아저씨 같은 대통령을 꿈꾸었기 때문에 목에 힘을 주거나 폼을 잡고 그러질 않으셨어요. 옛날에 보던 대통령하고 다르니까 '저 사람이 대통령 맞나?' 할 정도까지 되었잖아요.

2008.09.08. ──
봉하마을 산책 중
야생화를 들고 미소 짓는
노무현 대통령

노무현 대통령이 고향마을에 돌아왔을 때 사명감 비슷한 게 있었던 것 같아요. 봉하들판에서 농사도 짓고 화포천에서 환경 정화사업도 하고 그랬으니까요. 그러다 보니 사람들이 대통령 집을 자연스럽게 들락날락 하게 되더라고요. 집에 와서 노무현 대통령하고 친환경 오리농법에 대한 회의도 하고, 가끔 막걸리도 한 잔씩 마시고 말이에요. 사랑채에선 단체로 식사도 하고 이야기도 나누고 그랬지요. 거기에서 보이는 바깥 풍경이 너무 좋아서 멋진 사진 같다고 대통령 내외분이 다 좋아하셨어요.

# 윤 태 영

## 작가, 노무현 대통령의 말과 생각을 기록한 '노무현의 필사'

1988년 국회에서 의원보좌관 일을 시작했다. 같은 해 국회의원 당선으로
정치에 입문한 노무현과의 만남이 일생의 인연으로 이어졌다.
참여정부 시절 청와대 대변인과 부속실장, 연설기획비서관 등을 역임했다.
노무현 대통령이 퇴임한 후에는 봉하마을에 내려가 집필팀 일원으로
책을 만드는 작업에 참여했다. 노 대통령이 재임 중 남겼던 이야기와
생각들을 책으로 엮어 출간하는 작업을 계속 하고 있다.
이 인터뷰는 2018년 1월 22일 서울 노무현재단 사무처에서 진행했다.

←
2000.04. ─
부산 북강서을 후보로
16대 총선에 출마해 유세
중 어린이들에게 둘러싸인
노무현 대통령

# "이불 보따리
   싸들고 내려오게"

## 1

대통령님과는 1988년에 처음 뵈었습니다. 제가 다른 의원 비서로 국회에 들어갔을 때 마침 청문회 스타로 굉장히 주목받기 시작하시던 때였어요. 당시 노무현 의원실에 아는 친구도 있고, 후배도 있고 해서 일부러 인사드리러 찾아갔더니 어디 외출했다가 들어오시더라고요. 마침 제 친구가 입구에 있다가 노 의원과 마주쳤는데 그 친구가 요새 말로 며칠 잠수를 타고 나타났던 모양이에요. 노 의원께서 거센 경상도 사투리로 뭐라고 야단을 치시니까 제 친구의 대꾸도 만만치 않더라고요. 굉장히 수평적인 관계였어요. 그 장면을 보며 '야, 이 방 좀 분위기가 특이하구나' 생각했어요. 당시 의원회관 분위기는 의원 오시면 비서들이 쪼르르 내려가고

1988. —
전라북도 무주에서 진행한
단합대회에서 보좌관들과
기념촬영하는
노무현 당시 국회의원

그랬거든요. 그 방에서 일하고 싶다고 생각했는데 자리가 나지를 않아요. 사람들이 그만두지를 않더라고요.

그 후로도 계속 교류가 이어지다 결정적으로 가까워진 계기가 대통령 첫 자서전인 〈여보 나좀 도와줘(1994)〉를 내면서예요. 제가 당시 그 출판사 편집장이었는데 의원님 구술을 열 차례에 걸쳐서 받고, 원고 보내고, 새로 고치는 과정에서 '청문회 스타', '역량 있는 정치인' 이런 개념보다는 '이분 굉장히 솔직하고 가식 없는 분이구나'하고 인간적인 매력을 느꼈어요.

## 2

처음 귀촌을 결정하신 게 아마 2005년 중반 무렵이었을 텐데 한드미라고, 충북 단양 한드미마을 갔을 때 처음 언급 하셨어요. 나중에 봉하로 귀향을 결정하시고 집 짓는 현장에는 한두 번 따라가 본 걸로 기억합니다. 저는 그 과정을 잘은 모르는데, 말로만 들어도 이지원 시스템(e知園, 청와대 업무관리 시스템) 만들 때처럼 하신 것 같더라고요. 이지원은 주말 이용해서 일요일에 거의 여덟 시간씩 투자해서 만들었거든요. 옆에 있는 사람이 진이 빠질 정도였는데 집 설계하고 건축하는 과정에서도 그 정도로 신경을 많이 쓰시지 않았나 싶어요.

처음 시스템을 만드는 과정에서는 굉장히 잔소리가 많으신데, 일단 만들고

난 다음에는 뭐라고 안 하시는 편이거든요. 꼼꼼할 때는 꼼꼼하시고 대범할 때는 굉장히 대범하세요. 책임은 내가 질 테니까 일은 소신껏 하라고 하시거든요. 일을 맡겨놓고 그 사람이 의견을 물으면 일일이 다 꼼꼼하게 답변해 주시잖아요. 제가 "꼼꼼함과 대범함이 공존하시네요" 하니까 "그치? 그건 글로 꼭 써주면 좋겠다" 그러셨어요. 당신도 그게 좋은 캐릭터라고 생각하셨던 것 같아요. 사람이 다 대범한 것도 문제고, 너무 꼼꼼하기만 한 것도 문제라고. 여하튼 집에 대해서도 잔소리를 하거나 저건 저렇게 했어야 하는데 하고 후회하거나 이런 건 거의 못 들었어요.

'지붕 낮은 집' 네이밍을 누가 했는지는 모르겠어요. 대통령 사저라고 하면 떠올리는 선입견들을 배제하고 마을과 어울리는 집을 만드시려고 했던 게 아닐까 그렇게 생각하고 있습니다.

# 3

2006년 11월에 경기도 포천 평강식물원엘 가시면서 저도 그날 오라고 하시더라고요. 대통령 가시는 버스에 타고 갔더니 부속실장이 저한테 와서 조금 있다 대통령께서 이 뒤로 오실 거라고 그래요. 저보고 당신 앉아 있는 옆자리로 오라고 하시면 될 걸 굳이 제 자리로 걸어오시더라고요. 참 대단한 대통령이라고 생각했어요, 그 장면이.

옆에 와서 몇 마디 하시더니 "자네 나랑 봉하 내려가세" 그러시더라고요. 대통령께서 가자고 하시는데 제가 뭐라고 하겠습니까. "네, 가는 걸로 생각하고 해보겠습니다" 그랬죠. 가서 해야 될 일이 이래저래 많으니까 같이 가자고. 그래서 '아, 내려가야 하는구나' 생각하고 있었어요. 그런데 제가 막상 청와대를 대통령보다 1년 먼저 나왔거든요. 나오고 얼마 안 되었을 무렵에 찾으시더니 "여러 가지 생각해 볼 때 자네가 기반을 옮겨오기 쉽지 않아 보이니까 우리가 하려던 작업들은 원격회의 시스템을 갖춰서 그런 걸로 하세" 하고 풀어주셨어요. 저에 대해서 굉장히 신경을 많이 써주신 것 같아요.

2007.01.09. —
대통령 연임제 헌법개정에 대한 대국민담화 자료를 살피며 윤태영 당시 대변인과 대화하는 노무현 대통령

그러다 2008년 10월경인가에 충주 시그너스 골프장에 한 번 올라오셨어요. 그때 참모들 여럿 모인 자리에서 책 쓰시겠다는 얘기를, 그때가 가을에서 겨울로 넘어가는 무렵이니까 겨울에는 책을 좀 써야 되지 않겠나하고 말씀 하셨어요. 원래는 퇴임하고 내려와 바로 하시려고 했던 일인데 뜻밖의 변수가 생긴 거죠. 일단 방문객들이 넘

2008.03.12. —
서재에서 민주주의 2.0
회의 중인 노무현 대통령과
참모들

치면서 하루에도 몇 번씩 나와서 인사하시는 게 주된 일이 되었고, 농사도 생각보다 일이 많았어요. 뒷산 산림 가꾸는 일도 그렇고. 그러다보니 2008년 전반기가 거의 마무리되어버렸고 그 다음에는 기록물 사건이 나면서 신경 쓸 일이 많다보니 가을까지는 다른 일을 거의 할 수 없었던 것 같아요.

방문객 인사를 접어야 할 시점이 됐을 무렵에 대통령께서 글 쓰는 비서가 내려와야겠다, 아무래도 옆에서 일상적으로 보좌해주는 게 좋겠다는 뜻을 비치셨어요. 그야말로 "이불 보따리 싸들고 내려오게" 이렇게 말하셨지요. 제가 포함되는 거라고 생각하면서도 일단 글 쓰는 비서 네 명이 만나서 누가 내려갈지를 이야기했어요. 사실 이미 정해져 있던 건데 내가 왜 그랬을까… 피하고 싶은 생각이 있었던 게 아닌가 싶기도 해요. 하여튼 누가 내려갈지 얘기한 결과 저랑 양정철 씨가 내려가게 돼서 2008년 11월 초부터 그 생활이 시작된 겁니다.

## 4

임기 말로 갈수록 출판사를 직접 꾸려서 거기서 책을 계속 내자는 욕심이, 그런 속마음이 많이 있으셨어요. 제일 먼저 하고 싶어 하셨던 건 제가 대선캠프에 참여했을 때 구술 다 끝내서 완성해 놓고 내지 못했던 책을 출판하는 일이었어요. 참여정부 첫 청와대 참모들 워크숍에서 "저는 나중에 정치학개론을 쓰고 싶습니다, 제목도 정해놨습니다, '정치는 권력투쟁이다'라는 첫 문구와 '정치는 조삼모사다'라는 두 번째 문구도 생각해뒀습니다"라는 말을 하셨을 정도죠.

시민들이 쉽게 정치를 이해할 수 있는 개론서 같은 거지요. 정치란 이런 것이기 때문에 알고, 이해하고, 참여해야 한다는 내용들이 바탕이었어요. 봉하에 오셔서도 대통령 스스로 아직 회고록이나 자서전을 쓸 계획은 없으셨어요. 그러기에는 당신이 굉장히 젊다고 생각하셨고 활동을 더 많이 하고 싶어 하셨죠.

정치학개론 말고는 참여정부 정책 리뷰를 정말로 하고 싶어 하셨어요. 그것 때문에 기록물을 갖고 갔던 거거든요. 같이 참여했던 정책 파트 참모들과 리뷰를 할 수 있으면 하셨고, 싱크탱크를 만들어서 진보진영의 중심으로 만들고픈 욕심이 있으셨지요.

그게 한 축이었다면 또 하나는 '민주주의 2.0'이었어요. 토론 사이트를 만드는 게 굉장히 큰 꿈이셨던 것 같아요. 2000년 부산 북강서을 총선에서 낙선하고 부르시더라고요. 막 노사모가 태동하던 시기였습니다. 선거 떨어졌으니까 할 일도 없고, 이제까지 해보고 싶던 일들을 하고 싶다면서 도와달라고 제안을 하셨어요. 뭐냐면 토론 사이트를 만들자고. 논리적 구조를 막 설명하시면서 한 시간쯤 쭉 말씀을 하셨어요. 그런데 무슨 이야기인지 제가 이해를 잘 못하겠더라고요. 모처럼 같이 일하자고 제안을 하셨는데 못하겠다고 할 수는 없고 망설이고 있던 차에 마침 해양수산부 장관이 되시고, 대권에 도전하시고, 대통령에 당선되시면서 없던 일로 되었지요.

그러다 임기 마무리하는 과정에서 '이제는 한번 우리나라 성숙한 민주주의 발전을 위해서 토론 사이트를 본격적으로 만들어보자' 해서 투자하고 기울인 노력이 꽤 됩니다. 소규모 포털을 만들어 보는 건 어떨까, 또는 위키피디아식 지식정보 사이트를 만드는 건 어떨까 하는 쪽으로 많이 집중하셨는데 아무튼 핵심은 '민주주의 2.0'이었어요. 제가 참여했던 회의는 출판하고 '민주주의 2.0'이라는 토론 사이트 여기에 굉장히 집중되었던 것 같아요.

'민주주의 2.0' 시작할 때는 '노공이산'을 필명으로 하셨죠. 처음에 '우공이산(愚公移山)'으로 하려고 했는데 누가 먼저 등록해 버려서 '노공이산'으로 했다고 하더라고요. 2007년에 신영복 선생님이 청와대에 오셨을 때 '우공이산'을 써오셨어요. 그거 보고 기가 막힌다는 생각을 했죠. 어떻게 바보라는 닉네임을 가진 분에게 '우공이산'을 써오실 생각을 했을까? 부산상고 선배이시기도 하잖아요. 길게 보고 생각해라 그런 선배의 뜻이 담겨있었을까요? 아무튼 대통령이 그걸 보고 굉장히 좋아하셨어요.

2007.10.13. —
직접 쓴 '우공이산(愚公移山)'
글을 노무현 대통령에게
선물하는 신영복 교수

## 5

집필팀 회의는 정식으로 잡혀 있는 게 일주일에 두 번. 필요하시면 수요일 아침에도 부르시거나 했어요. 그게 왜 그러냐면 주말에 서울 갔다 올 사람은 다녀오라는 배려였죠. 그래서 월요일이나 주말쯤은 비워놓고 주중에 일단 두 번을 기본으로 하는 걸로 했습니다.

보통 9시 반에서 10시쯤 시작해서 12시 거의 채웠어요. 국무회의 시간 비슷하다고 보시면 돼요. 12시라고 딱 정해도 손님 있으면 일찍 끝나고, 손님 없으면 뒤로 늘어질 수도 있고, 갑자기 3시에 보자고 그러시면 그땐 우르르 가고 그랬죠. 뭐 5분이면 가는 데니까요. 저녁시간 이후에는 거의 안 했던 것 같아요. 손님들 찾아오는 일정이 꽤 많아서 대통령과 식사 같이하고 그런 건 의외로 없었어요. 집필팀은 회의 끝나면 진영 가서 밥 먹는 일이 훨씬 많았죠.

회의를 하다 하나의 사안이나 전체 얼개가 만들어졌다, 예를 들어 줄거리나 목차들이 완성됐다 하면 종종 참여정부 청와대 사람들을 부르기도 하셨어요. 화상회의도 좋지만 직접 와서 회의를 하자고 하셔서 대규모로 한 번 모인 적도 있어요. 이병완 비서실장부터 성경륭 실장같이 정책 참모들을 불러 1박 2일에 걸쳐서 밤늦게까지 술도 한잔하고 그랬던 적이 두어 차례 있었어요. 그해 겨울을 나는 동안. 오라고 하면 하룻밤 자고 가야 된다는 것에 대한 마음의 부담이 항상 있으셨어요. '오는 사람들이 참 불편할 수도 있겠다, 내가 너무 멀리 왔나'하는 거였죠. 그러니까 강금원 회장은 자꾸 충주나 이쯤에 거점을 하나 마련해서 대통령 올라오시고 참모들 내려오고 중간에 만나서 얘기하면 좋지 않겠냐는 얘기를 하셨지요. 봉하가 멀다보니 한 번 들르려면 1박2일 일정을 내야하는 것이 부담을 주는 게 아닌지 미안해하셨던 것 같아요. 항상.

## 6

제 입장에서는 노무현대통령의집하면 서재예요. 이 집이 서재를 중심으로 지었구나하는 생각이 들 정도로. 대문에 들어서면 대통령 계신 자리에서 누가 오는지 볼 수 있게 되어 있잖아요. 또 문에 들어서면 대통령이 그 자리에 계신지 안 계신지도 알 수 있고. 서재가 응접실이자 토론하는 장이자 여러 가지 다

2009.03.21.
서재에서 회의를 주재하며
미소 짓는 노무현 대통령

논의하는 자리니까 사저에서 제일 핵심적인 것이 결국은 서재인 것 같아요.

손님들 왔을 때는 사랑채에서 식사를 하셨지요. 거기가 층고도 높고 해서 전기세가 굉장히 많이 나온다는 걱정도 들었던 것 같습니다. 식사가 끝나고 밤늦게까지 술 한 잔 하시고 그럴 때면 서재로 옮겨서 하셨죠.

서재에는 랜선도 깔아놓고 앞에 화면이나 플러그 장치 다 해서 굉장히 최신식으로 해놨어요. 커피도 밀크커피 그런 거 다 갖다 놨고… 커피머신이 있었는지는 잘 기억이 안 나는데 오늘은 누가 타는 커피가, 어느 다방 커피가 맛있는지 보자는 농담도 하고 그러셨죠.

사람이 있을 때는 주로 서재에 계셨어요. 거기는 담배 피시는 게 자유로우니까 주로 많이 피셨고, 저희는 1층 차고 앞에 개 키우던 데서 주로 피웠어요. 거기 담배꽁초가 굉장히 많았죠. 아무튼 저희 비서들이 사저에 가 있을 때는 거의 100% 서재에 계신 모습이었습니다. 서재에 앉아 계신 모습이 제일 기억에 많이 남기도 하고요.

제가 없던 회의에서 한 번 부엉이바위와 사자바위 얘기를 하셨다고 하더라

고요. 어릴 때 사자바위에 올라서 보면 진영 벌판이 확 들어오고, 부산으로 가는 기차가 보이고, 기차 안의 학생들이 보였다는. 제가 올라가서 보니까 안 보이던데… 아마 그런 느낌이었다는 말씀이셨겠죠? 이 가난을 어떻게든 극복해야지, 이걸 이겨내고 나도 부산에 가서 성공해야지 하는 꿈이 사자바위에 있으면 확 용솟음치는데 거꾸로 부엉이바위 쪽에서 못 사는 마을을 내려다보면 기분이 굉장히 우울해진다고 얘기하셨던 게 한 번 있었다고 해요.

대통령께선 힘들 때 일부러 더 노래도 부르시고, 참모들 기 살려주려고 하셨어요. 제가 대통령님 돌아가시고 대통령의 마지막 삼락(三樂)에 대해 글을 쓴 적이 있어요. 사저의 일상을 지배했던 게 책이고, 또 하나가 담배고, 나머지 하나는 사람이었던 것 같아요. 책, 담배, 사람 이 세 가지가 가장 적절하게 있던 때, 그러니까 적절하게 책을 읽을 여유도 있고, 담배도 마음껏 필 수 있고 사람도 항상 주변에 편하게 있었던 시절이 아이러니하게도 2008년 12월부터 2009년 2월, 3월까지가 아니었던가 생각이 들어요. 당시 사진이 제일 좋아요. 대통령을 뵌 20여년 기간 중에 그때 얼굴이 제일 좋아요. 제 느낌은 그래요.

# 김 경 수

## 현 경남도지사, 노무현 대통령의 마지막 비서관

노무현 대통령과의 본격적 인연은 2002년 대통령선거캠프에 합류하면서
시작됐다. 이후 대통령직인수위원회와 청와대를 거쳐 퇴임 후까지 줄곧
노무현 대통령의 곁을 지켰다. 특히, 봉하에서 자연을 벗 삼아 대통령을
지근거리에서 보좌하던 시간은 큰 행복이었다. 비서관들이 근무하는
사무실로 건너와 통로 모서리에 팔꿈치를 걸치고 '담배 한 대 주시게' 하던
노무현 대통령의 모습을 인상 깊게 기억한다.
이 인터뷰는 2018년 3월 17일 경남 봉하마을 노무현대통령의집
사랑채에서 진행했다.

← 
2002.12.14. ——
광주지역 유세 중 손을
들어 인사하는 노무현 당시
새천년민주당 대통령후보

# "담배 한 대 주시게"

## 1

제가 국회의원 보좌진 생활을 시작한 건 1994년이었습니다. 처음 국회에 들어왔을 때 노무현 대통령께서는 원외에서 지방자치실무연구소 활동을 하셨던 걸로 기억해요. 행사 때 잠깐 우연히 스쳐지나가는 작은 인연이 있었던 것 같고요. 그 대신 노무현 전 의원에 대한 이야기는 자주 들었죠. 왜냐면, 노무현 의원실에서 근무했던 보좌진들이 당시 다른 방으로 많이 흩어져서 일하고 있었는데 그분들이 의원회관 안에서는 일 잘하는 보좌진으로 늘 첫손가락에 꼽히는 분들이었거든요.

2008.02.25. ——
임기를 마치고 청와대를
떠나며 직원들을 향해 작별
인사하는 노무현 대통령

간접적으로 이야기를 듣기만 하다 본격적으로 대통령을 뵙게 된 것은 시간이 조금 지난 후였어요. 2002년 대통령선거대책위원회에 결합하면서부터였는데 저는 조금 늦게 노무현 대통령과 함께한 케이스입니다. 원래 같은 해 초 있었던 경선부터 하려고 했는데 그때 제가 국민의정부 청와대에 있다가 신원조회 통과가 안돼서 야인생활 비슷한 걸 하고 있었거든요. 그래서 2002년 지방선거에서 서울시장 선거를 도와주고 대선 선대위에 결합한 거였죠. 이미 당내 대선후보경선이 끝난 뒤였어요.

그렇게 6월에 이광재 선배가 팀장으로 있던 선대위 전략기획팀에 들어가 일을 시작했어요. 그때 노무현 대통령을 처음 제대로 만나 인사드렸던 기억이 납니다. 전략기획팀은 여론조사도 하고 에프지아이(FGI, 표적집단면접조사)를 통해서 대선전략 보고서도 만드는 곳이었습니다. 이 보고서를 가지고 여의도 한 호텔 회의실에서 노무현 대통령께 브리핑을 했어요. 내용이 조금 길어서 저는 전반부를 보고했습니다. 노무현 대통령을 가까운 거리에서 만난 첫 자리였죠.

제 기억으로 여름이었어요. 아마 8월 정도이지 않았을까 생각되네요. 그때 저희가 보고한 핵심은 '이번 대선은 낡은 것과 새로운 것의 대결이다'라는 콘셉트였는데, 그 내용을 노무현 대통령께서는 이미 너무 당연하게 생각하고 계시더라고요. 우리는 애써서 만들었는데 말이에요. 그 자리에서 '사람 사는 세상'에 대한 이야기와 함께 당신께서 오랫동안 생각했던 선거에 대한 여러 말씀을 펼쳐 놓으셨어요. 제게 있어 그날 그 자리는 노무현 대통령에 대한 깊은 인상이 남게 된 날입니다. 마치 어제 일처럼 말이죠.

## 2

퇴임하시는 날, 노무현 대통령께서 직원들 환송을 받으며 청와대를 나서셨죠. 그리고 국회에서 대통령으로 마지막 행사를 마치고 서울역에 가셨고요. 서울역광장에서 기다리시던 시민들과 노란풍선이 기억에 아주 강하게 남아있네요. KTX열차를 타고 밀양까지 오셨어요. 도중에 기자들 있는 열차 칸을 방문하셔서 퇴임에 대한 소감과 이런저런 말씀들을 편안하게 하셨고요. 그 중 기억에 남는 건 '봉하가 서울에서 너무 멀어서 손님이 너무 안 와도 걱정이고 또 많이 와도 걱정이다'는 말씀이었습니다. 고향으로 돌아가며 설레는 마음과 심정을 그렇게 표현하신 것 같아요.

밀양역에서 환영식을 마치고 봉하마을까지 차량으로 이동하는데 노사모 회원들이 길가에 빠짐없이 노란풍선을 매달아 놓았더라고요. 고향 가는 모든 길이 노란색 물결이었죠. 봉하마을에는 어마어마한 환영인파가 노무현 대통령을 기다리고 있었어요. 사람이 너무 많다보니까 저는 대통령 내외분을 안전하게 모셔야 한다는 생각밖에 못했습니다. 그날 마지막 행사는 지신밟기였어요. 집에 들어가기 전 땅의 신을 달래고 악귀와 불행을 물리치는 의식을 정토원 선진규 원장 안내로 진행했습니다.

봉하마을 처음 내려오자마자 아방궁 논란이 벌어졌잖아요. 그때 집을 설계하셨던 정기용 선생이 오셔서 언론에 나가 사실을 말해야겠다고 그러셨어요. 이 집은 노무현 대통령 개인 집이 아니라 전직대통령 국가지원시설인 비서동과 경호동 공간이 합쳐져 있는 곳이라고 말이죠. 실제 대통령 내외분의 개인생활공간은 절반 밖에 안 되는데 무슨 아방궁이냐고 많이 억울해 하셨어요. 그런데 오히려 노무현 대통령께서 만류하시더라고요. 시간이 지나면 국민들이 다 알게 될 테니까 너무 걱정하지 말라고 말씀하시면서요.

국고 495억이 봉하마을에 들어갔다는 기사가 조선일보에 실린 적도 있어요. 그 중 300억은 진영 읍내에 있는 한빛도서관에 들어간 비용이었는데도 말이에요. 계속 언론에서 봉하타운 운운하면서 보도하니까 천호선 전 대변인이 나서서 해명을 하려고 했어요. 그때도 노무현 대통령께서는 굳이 그러지 말라고 하시더라고요. 오히려 당신께서 대통령으로 계실 때 고향 사람들한테 해준 게 하나도 없어 역차별이라는 말까지 있었는데 차라리

2008.04.05. ―
집 뒷산에 장군차를 심고 내려오는 노무현 대통령과 김경수 당시 비서관(맨 오른쪽), 이호철 전 민정수석(맨 왼쪽)

2018.03.17. —— 노무현대통령의집 안내해설을 진행하고 있는 김경수 경남도지사

이런 거라도 해줬다고 보도가 나가면 면목이라도 서지 않겠냐고 말이에요. 그러니까 너무 적극적으로 방어하지 말라고 하셨던 기억이 납니다.

## 3 ─────

노무현 대통령께서는 댁에 찾아오시는 손님들에게 설계과정부터 완공까지 있었던 집에 관한 이런저런 이야기들을 설명해주시곤 했어요. 저도 그때 '아 이 집을 그렇게 지었구나' 알게 되었고요. 처음 설계할 때는 한옥도 검토하셨대요. 그런데 한옥은 솟을지붕을 올려야 하는데 뒷산이 낮은 편이라 자칫하면 집이 산을 누르는 형세가 된다더군요. 그러면 지붕을 낮게 만들자고 해서 지금 모습이 된 거라고 해요.

원래 노무현 대통령은 집 이름을 평소 소신과 철학대로 '지붕 낮은 집'으로 하고 싶으셨는데, 다 짓고 보니 단층집인데도 주차장 있는 데가 마치 1층 같고 안채랑 서재, 사랑채 있는 공간이 2층인 것처럼 보이는 거예요. 밖에서 볼 땐 영락없이 이층집처럼 보이게 되어 있으니까요. 그러다 보니 '지붕 낮은 집'이란 이름을 제대로 못 쓰셨어요. 사실상 포기하신 거지요.

퇴임하시기 전에 집 짓는 과정을 보러 봉하마을에 잠깐씩 다녀가신 적이 있어요. 진해 해군기지에 오시거나 근처에 일정이 있으시면 한 번씩 들리곤 하셨죠. 저도 한 번 정도 수행했던 것 같아요. 한창 건축 중이었는데, 골조 막 올라갈 때였어요. 벽 세우고 이랬는데 집이 많이 좁아 보이더라고요. 그래서 속으로 '대통령 사저를 왜 이리 작게 만들까' 했는데 완공 직전에 다시 와보니까 처음 볼 때랑 완전히 다르더라고요.

정기용 건축가와 함께 봉하마을에 오셨다가 화포천까지 다녀가신 적도 있는데, 이 습지가 얼마나 중요한 천혜의 자원인지 두 분이 신나게 말씀을 하시더라고요. 부끄럽지만, 저는 그때서야 '화포천이 습지이고, 습지가 그렇게 중요한 곳이구나' 하고 알게 되었죠. 집을 지을 때나 화포천 이야기를 하실 때 보면 두 분은 참 죽이 잘 맞으셨어요. 뜻도 많이 통하셨고요.

## 4 ─────

노무현 대통령께서는 주로 서재에 계셨고, 중앙통로로 많이 다니셨어요. 비서관들 찾을 때는 주로 전화를 사용하셨고요. 전화로 '김 비서관 좀 들어오시게' 하곤 하셨죠. 가끔 비서실에 직접 오시기도 했는데 그때는 대부분 담배 찾으러 오신 거였어요. 그래서 비서실에 늘 보관해두고 있었습니다. 담배를 싫어하셨던 여사님 때문에 노무현 대통령께서 소지하지는 못하셨거든요. 그래서 늘 전화로 담배를 갖다 달라고 하셨는데 몇 번 그러다 보면 미안해지잖아요. 그럴 때마다 비서실로 직접 가지러 오시곤 하셨어요.

서재에서 바로 이어지는 비서실 문으로 들어오셔서는 통로 모서리에 팔꿈치를 걸치고 "담배 한 대 주시게"라고 말씀하셨죠. 담배만 가져가기 좀 민망하시니까 이런 저런 다른 말씀도 하시다가 "그건 어떻게 되나?"하고 몇 가지 더 물어보고 나서야 다시 서재로 돌아가시곤 하셨던 것 같아요. 이렇게 비서실이 서재 바로 옆에 붙어 있으니까 저는 개인적으로 아주 좋았어요. 노무현 대통령과 늘 가까이서 함께 지낼 수 있었기 때문에요.

그런데 대통령 내외분, 특히 여사님께서는 좀 불편하셨을 거예요. 어쨌든 아침에 일어나서 바깥으로 나오려면 대충이라도 씻고 신경 써서 챙겨 입어야 하잖아요. 그래도 대통령께서는 나름대로 챙겨 입고 나오시곤 했는데, 여사님은 밖에 비서들 다 있다 보니까 바깥으로 편하게 나오시기가 힘드셨을 거예요. 전직대통령 지원을 위한 국가시설이 함께 있다 보니 개인 집에서 누려야할 편안함 같은 게 많이 부족할 수밖에 없었을 겁니다.

생각보다 부엌도 작아서 여사님 불편이 더 크셨을 거예요. 손님들이 이렇게 많이 오실지 설계 시에 미처 생각을 못하셨던 것 같아요. 어느 정도 심심치 않게 사람들 왔다 가겠지 생각하셨을 텐데, 예상이 크게 빗나간 거죠. 정말 많은 손님이 오고 가셨어요. 그런데 오시는 분마다 식사를 대접하기에는 부엌이 너무 좁은 거예요. 불편한 집을 주문하신 건 노무현 대통령이었는데 정작 그 불편함은 여사님 몫이 돼버린 거죠.

# 5 ————

노무현 대통령께서 집에 대한 만족도는 높으셨는데 빌라(현 강금원기념 봉하연수원)에 대해선 처음 생각하셨던 용도와 조금 다르게 지어진 것 같다고 말씀하셨던 적이 있어요. 원래 대통령께선 봉하마을 전체를 생각하고 빌라를 계획하셨어요. 마을 집들 중에 오래되고 낡은 것들은 수리도 좀 하고 경관도 아름답게 바꾸고 싶으셨나 봐요. 집들을 개량하는 동안 마을 주민들이 잠시 머무르며 생활할 공간이 필요할 텐데 이때 빌라가 활용되길 원하셨어요.

빌라의 두 번째 용도는 은퇴자 마을이었어요. 농촌을 살리려면 농촌이 고향인 분들이 은퇴 후 다시 고향으로 돌아와 함께 살아야 한다고 생각하셨어요. 그래야 마을의 사회적 생태계가 복원 될 수 있다는 거고요. 농사짓는 어르신들만 마을에 살게 되면 사회적 생태계가 무너지기 때문에 농촌마을은 지속가능할 수가 없거든요. 그래서 대통령께서 먼저 고향에 내려와 사시면서 은퇴한 친구 분들을 좀 불러 내릴 생각이셨나 보더라고요. 이때 봉하마을로 내려오시는 친구 분들을 위해 빌라를 생각하셨던 것 같아요. 함께 고향에서 어울려 살 집으로 말이에요.

이 빌라도 정기용 선생님 작품이에요. 그런데 이런 생각이 잘 전달이 안 되어서 살림집이 아니라 유럽형 콘도 스타일로 지어지게 된 것 같더라고요. 방문객이나 손님이 잠깐 와서 묵고 가는 콘도 말이에요. 결국 살림집으로 쓰기에는 약간 불편한 집이 되어 버렸어요. 사실 저도 가족들이랑 빌라에서 사는 걸 진지하게 검토한 적이 있는데 아이들과 함께 살기에는 많이 불편한 집이더라고요. 그래서 어쩔 수 없이 바깥에 나가 살게 됐지요. 이런 점 때문에 빌라를 보시면서 애초에 당신 생각하고 많이 다르게 지어졌다고 말씀을 하셨던 것 같습니다.

# 6 ────

봉하마을이 시골이잖아요. 손님들 오실 때마다 노무현 대통령께서 늘 주문하셨던 게 있어요. 비서실에서 '서울서 누가 찾아오십니다' 하고 보고 드리면 등산할 수 있는 간편한 복장과 편한 신발을 신고 오시게 미리 전해달라는 말씀을 하셨어요. 손님이 오시면 잠깐 접견하신 후 늘 함께 봉화산 등산을 하셨어요. 주어진 시간이 얼마나 있는지 확인하시고는 한 시간이면 얼른 갔다 오시고, 두세 시간이면 조금 긴 코스로 가시고, 시간이 넉넉할 땐 거의 다섯 시간 가까이 걸리는 코스로 직접 안내를 하셨죠.

2008.04.27. ──
노사모와 함께 화포천을
산책하는 노무현 대통령

화포천까지 쭉 돌아보실 때도 종종 있었는데 그럴 때면 노무현 대통령께서는 자연과 습지에 대해 알고 계신 거의 모든 정보와 지식을 쏟아내시곤 하셨어요. 얼마 전 유행했던 TV프로그램 〈알쓸신잡〉 수준이셨습니다. 함께 다니면서 이건 무슨 식물이고 갈대와 띠풀은 어떻게 다른지, 이 풀과 저 풀의 차이는 뭔지 늘 설명해주고 그러셨거든요. 그리고 등산길에 시민들과 마주치면 함께 인사도 나누시고, 김밥 드시는 분들한테선 김밥도 뺏어 먹고 그랬던 기억이 나네요. 봉하에서 노무현 대통령을 모시고 자연과 함께 지낼 수 있었다는 게 저한테는 아주 큰 행복이었습니다.

# 제주4·3희생자유족회

## 노무현대통령의집 첫 외부 방문객, 산딸나무 기증

1988년 '제주도4·3사건민간인희생자반공유족회'라는 이름으로 창립,
개칭과 통합 등의 과정을 거쳐 2001년 3월 3일 현재의 이름이 됐다.
4·3사건 진상규명과 희생자 명예회복을 위한 다양한 사업을 추진하고 있다.
노무현 대통령은 예비후보시절이던 2002년 섯알오름 학살터와 백조일손
묘역을 방문해 4·3의 진실을 밝히겠다고 약속한 바 있다.
이에 취임 첫해 제주도민과 가진 오찬간담회에서 4·3사건을 거론하며
국정 최고책임자 최초로 과거 국가권력의 잘못에 대해 공식 사과했다.
또한 2년 반 뒤인 2006년 4월 3일 58주년 제주4·3사건 희생자 위령제에도
참석, 추도사를 통해 거듭 사과의 뜻을 밝혔다. 이러한 노 대통령에 대한
유족회의 고마움은 퇴임 후 봉하마을 방문과 산딸나무 기증으로 이어졌다.
이 인터뷰는 이중흥 제주4·3행방불명인유족회장과 홍성수 4·3실무위원회
부위원장이 참석한 가운데 노무현재단 제주지역위원회 박진우 상임대표
사회로 2018년 4월 13일 노무현재단 제주지역위원회 사무실에서 진행했다.
이중흥 회장은 인터뷰가 있고 얼마 후인 2018년 6월 10일 향년 72세로
별세했다.

← 2006.04.03. —
제58주년 제주4.3사건
희생자 위령제 헌화대
앞에서 묵념하는
노무현 대통령

# 하얀 꽃, 빨간 열매에 맺힌 약속

## 1

노무현 대통령께서 2003년 10월 31일 제주도에 오셔서 제주도민과 저희 제주 4·3희생자유족들에게 사과를 하셨고, 또 2006년 4월 3일 대통령으로는 처음으로 4·3평화공원에서 열린 위령제에 방문해 거듭 사과하셨습니다. 그때 들었던 솔직한 마음은 '기뻐서 날아갈 것 같다'였습니다. 대통령이 그 자리에 온다는 사실 자체가 너무나 감격적이라 그날 참석한 도민이나 유족들이 눈물도 많이 흘리고 그랬지요.

2002.02.04. —
4·3희생자 유해를 합장한 백조일손지묘(제주도 서귀포시 대정읍 소재)를 방문한 노무현 당시 새천년민주당 대선예비후보

역대 대통령으로도 그렇지만 대통령 후보로도 노무현 대통령은 4·3 유적지를 처음 방문한 분이었어요. 그때 저희가 육지 형무소에 갔던 것도 말씀드리고 하니까, "그렇습니까? 제가 대통령이 되면 4·3에 각별히 신경 쓰고 명예 회복하도록 노력하겠습니다" 이런 약속을 하셨어요. 그래서 노무현 대통령 당선을 바라는 마음에 발이 닳도록 뛰어다니기도 했죠. 당선 이후로 말씀을 이행 하느냐, 안 하느냐 지켜봤는데 역시 자기 책임을 다 하는 분이었습니다.

임기를 마치고 2008년에 대통령께서 귀향을 하셨지요. 그래서 '잘됐다, 우리가 4·3유족으로서 고맙다는 인사를 하지 않으면 도리가 아니다' 하는 저희들 의사를 비서진에게 전달해 제주시지부 임원들을 모시고 봉하마을을 방문하게 됐습니다.

## 2

봉하마을에 도착하니 2층짜리 빨간 기와집이 있었습니다. 저기가 혹시 대통령 사시는 집인가 했는데 아니라고, 동네 이장집이라고 하더라고요. 옆에 보니까 얕은 집들이 좀 있고, 동산 위에 사저가 있었습니다. 그래서 '이게 어떻게 아방궁이냐, 웬만한 사람들 다 짓고 사는 집인데 너무 하지 않느냐' 하는 이야기를 하면서 들어갔지요.

저희가 24명이 방문해서 접견실(사랑채)이 좁았어요. 대통령께서 창을 등지고 앉으시고, 저희들이 탁자 앞에 디귿(ㄷ)자로 앉았습니다. 앉은 자리에서 보니까 봉화산 전망이 굉장히 좋았어요. 병풍에 넣었으면 할 정도로 좋은 풍경이었습니다. 장군차를 내주시면서 일부러 그 자리에 앉게 한 거라고 하시더라고요.

"대통령님, 고맙습니다" 하니까 "뭘요, 저는 김대중 대통령께서 이루어 놓으신 것을 열매만 따먹었습니다" 이런 말씀을 하시더라고요. 얼마나 겸손하시던지. 저희들이 다시 한 번, "제주를 방문해주셔서 고맙습니다" 인사하고

나오는데, 우리 양영호 고문이 "대통령님, 여기 정원이 너무 허술합니다. 조선일보에서 아방궁이라 그러는데 저희들이 보니까 너무 허술해요. 우리 제주 나무를 하나 가져다 심으시면 어떻겠습니까?" 제안했어요. 그러니까 대통령께서 돌아보면서 "그렇습니까? 하나 심으시지요" 하고 쾌히 승낙을 하시더라고요. 그렇게 얘기하고 마지막에 기념촬영하고 제주도로 내려왔습니다.

## 3 ————

돌아와서 '우리 돈도 없는데 무슨 나무를 어떻게 구해서 가져가지' 하고 고민했어요. 우선 동백나무가 제주 수종이라고 생각해서 조경하는 친구한테 물어보니까 멍청한 놈이라고 하면서 "동백나무는 전국적으로 없는 데가 없다. 산딸나무가 제주 수종이다" 그러는 거예요. 제주말로는 '틀낭'이라고 하는데, 친구더러 네가 조경사업을 하니까 그 나무를 구해 달라고 했죠. 그래서 크지는 않지만 15년생 나무를 구했어요. 뿌리를 싸서 보내야 되니까 고민이 많이 되더라고요. 다시 친구에게 이걸 어떻게 하면 좋겠냐 하니 전국 택배하는 화물차가 있는데 부산까지 실어 보내면 거기서 봉하까지 배달해준다고 해요. 나무 값도 친구가 다 내고 저는 붙이는 삯 10만 원만 냈어요. 얼마 후에 나무가 잘 도착했다는 전화가 왔습니다. 그래서 "그럼 저희들 언제 가면 좋을까요?" 하니까 "11월 16일에 준비를 다 해놓을 테니까 그때 오시면 안 되겠습니까" 해서 좋다고 했죠.

그때도 한 스무 명 정도가 몰려갔어요. 여사님까지 나오셔서 대통령님이랑 저희들 다 같이 나무를 심고, 기념촬영하고, 집 안에 들어가서 과일도 먹으며 재미있게 얘기했습니다. 대통령께서 이 나무가 어떤 나무냐고 물으시기에, "이 나무는 산딸나무라고 제주 수종이지요. 봄에는 하얀 꽃이 피고, 가을에는 빨간 열매가 열립니다. 하얀 꽃은 제주도민의 순수한 마음이고, 빨간 열매는 4·3의 아픔이었습니다. 4·3 때는 산으로 피신해서 가을에 이걸 주로 따먹기도 했습니다" 하고 이야기한 기억이 있습니다.

# 정 영 선

## 조경설계 서안㈜ 대표이사, 노무현대통령의집 조경가

한강 선유도공원과 용인 호암미술관 전통정원 등을 조경설계한
조경전문가이다. 땅의 생태적 특징과 그곳에 살아갈 사람을
생각하는 작업을 해왔다. 노무현대통령의집 조경은 평소 친분이 깊던
정기용 건축가의 권유로 맡게 됐다. 귀향 후 농촌 경제 뿐 아니라
경관을 살리는 일을 하고 싶다던 노무현 대통령의 말을 소중하게 기억한다.
시골집에 어울리는 마당과 담장으로 노무현 대통령이 바랐던
차분하고 소박한 집을 완성했다.
이 인터뷰는 2018년 6월 20일 서울 조경설계 서안㈜ 사무실에서 진행했다.

2007.05.13. ——
공사현장 점검 차
봉하마을을 찾은
노무현 대통령과
정영선 대표

# 차분하고 소박한
# 아름다움을 찾아서

## 1

정기용 선생하고 저는 굉장히 친했어요. 노무현 대통령께서 퇴임 후 머무실 집을 준비하고 있는데 함께 하겠냐고 물어 오셔서 흔쾌히 그러겠다고 했죠. 정기용 선생을 건축가로 추천하신 분은 대통령님 며느님이셨대요. 정기용 선생이 '무주 공공건축 프로젝트'로 신문에도 나고 〈감응의 건축(2008)〉이라는 책도 내고 하셨잖아요. 그런 기사를 며느님이 보셨던 것 같아요. 대통령께 신문 스크랩을 드렸다고 그래요. 농촌마을 살리기를 위해 수년에 걸쳐 헌신적으로 노력한 분이니까 그 뜻이 대통령께서 퇴임 후 하고자 하셨던 일들과 통했던 거죠. 두 분이 아주 의기투합하셨어요.

대통령께서는 토요일 오후 일과를 끝내시고 규칙적으로 정기용 선생과 설계 기본 콘셉트를 토론하셨던 것 같아요. 그러다 저도 그 자리에 참여하게 됐죠. 대통령 내외분하고 비서관을 비롯해서 꽤 많은 사람들이 있었어요. 제 소개를 하고 앉았는데, 그날 주제가 뜻밖에도 대통령께서 밤새 읽은 중세 건축에 관련된 책 이야기더라고요. 제가 원래 나서서 이야기하는 타입이 아니니까 대통령 말씀을 주로 듣기만 했는데, 분위기가 너무 자유롭고 편안했어요. 정기용 선생도 어른 앞에서 쩔쩔매는 타입이 아니었고요.

2006.09.30. —
한강 선유도공원을 방문한
노무현 대통령 내외와
정영선 대표(맨 왼쪽),
정기용 건축가(맨 오른쪽)

그렇게 매주 토요일마다 스터디그룹처럼 사저 건축을 위한 토론모임을 했죠. 제가 설계한 선유도공원을 포함해서 여러 장소에 견학 삼아 가보기도 했어요. 그 과정에서 지나치다고 할 만큼 철저하게 준비를 하시는데 정말 놀랐어요. 도저히 우리가 따라갈 수 없는 속도로 독서를 하시고는 그 책을 매주 가지고 오셔서 이야기하시고 토론도 하셨어요. 책을 읽고 요점을 정리해 설명해주시는 걸 보면 건성으로 읽는 게 하나도 없으시더라고요. 목차부터 결론까지 요약해서 '내가 어제 본 책이 이거야' 하시는데 아주 두 손 다 들었지 뭐예요. 주로 건축과 농촌에 관한 책이었는데, 이 두 가지만 가지고 이야기하셔도 항상 따라가기가 벅찼죠. 주로 대통령께서 말씀하시고 저는 박수만 치고 그랬어요.

## 2

노무현대통령의집은 굉장히 복잡해서 정기용 선생도 혼자 결정할 수 있는 게 거의 없었어요. 왜냐하면 경호 시스템이라든가 비서실 규모라든가 이런 것 때문에 다양한 사람들 의견을 미리 설계에 반영해야 했거든요. 거기다 노무현 대통령 생가복원이랑 멀리서 오시는 손님들 숙소 등등 굉장히 복잡했어요. 그냥 집 한 채 짓는 게 아니라 마을 전체를 놓고 생각해야 했죠. 그런데 제가 보기에는 정작 두 분이 사시기에 필요한 몇 가지가 빠진 것 같더라고요. 노무현 대통령 두 내외분만 쓰시는 개인적인 공간은 침실 하나랑 거실 하나밖에 없어요. 나머지는 집무를 보는 서재라든가 손님을 맞이하는 사랑채, 경호원들과 비서들의 사무실 같은 곳이죠. 여사님이 혼자 오붓하게 앉아서 서류를 정리하거나 편지 같은 걸 쓰실 작은 공간도 없고, 친구들과 소담하게 둘러앉아 차 한 잔 마시려고 해도 큰 회의실이나 사랑채에 가야 되잖아요. 부엌만 해도 집 규모에 비해 좁고 안채 거실까지 뭘 들고 가기에도 복잡한 동선이죠. 그런 게 조금 애매했어요.

외부 공간도 제가 억지로 만들었어요. 시골에서는 집 안에 여러 마당이 있어야 해요. 대문에서 현관까지 들어가는 앞마당, 식당이나 안채에서 산을 바라보면서 쉴 수 있는 마당도 있어야 했어요. 그 사이에 가운데 마당 비슷한 것이 하나 더 필요했고요. 마당에 서면 사방의 경치가 모두 잘 보여야 해요. 집 건너편에 뱀산하고 봉하들판이 풍경처럼 펼쳐지고, 사자바위랑 부엉이바위 모두 한눈에 들어오는 곳이 마당인 거죠.

그 다음에는 회의실 뒤 산자락을 화계로 만들면 좋겠다고 말씀드렸어요. 이집은 전통적인 우리 한옥 공간 구조를 가진 건축물이에요. 집 안 모든 경사를 완만하게 처리하고 그 위에 마당을 반듯하게 앉히는 것이 한옥 건축에서는 제일 중요한 일이거든요. 그래서 우리나라는 궁궐이든 사대부 집이든 아니면 하다못해 작은 농가라도 산허리에 있는 집들은 담 밑에 경사를 따라서 여러 단의 화계가 있었지요. 그래서 대통령의집도 뒷산에서 집으로 이어지는 비탈에 화계가 자리 잡게 되었습니다.

## 3

너무 화려하지 않고 전혀 사치스럽지도 않으면서, 그렇다고 촌스럽지 않은 적절한 선을 찾는 것은 굉장히 어려운 일이에요. 백제나 신라, 조선의 미술품을 보면 화려한 맛이 있잖아요. 그런데 사치스럽진 않죠. 예를 들어 백제 항아리 같은 걸 보면 절대로 누추하지 않아요. 농이나 소반 같

2008.02.02. —
뒤뜰 조경공사 상황을 살펴보는 노무현 대통령 내외와 정영선 대표

은 걸 봐도 중국처럼 요란하지도, 일본처럼 완벽하지도 않아요. 그냥 대충 만든 것 같은데 멋이 넘치죠. 그 경계를 잘 지키는 것이 한국건축과 조경의 요체,

핵심이에요. '검이불루 화이불치(儉而不陋 華而不侈)'. 소박하되 누추하지 않고, 화려하되 사치스럽지 않다는 뜻이죠. 화려하고 사치한 것의 차이가 참 애매하긴 해요. 대통령의집이라서 고급 나무만 심어져 있을 거라고 많이들 생각하셨나 봐요. 막상 집 안에 들어와 보면 대부분 소박한 나무라 많이들 놀라시더라고요.

꽃을 좋아하는 여사님을 위해 예쁘게 꽃 피는 나무를 한 그루는 심어야겠다고 생각했어요. 진주 일대 농장을 뒤지고 뒤져서 최고로 예쁜 나무를 구해 와 심었죠. 서부해당화라고, 진분홍색 꽃이 나무 전체를 뒤덮는 고급 정원수이지요. 그해 따라 꽃이 만발해서 정말 보기가 좋았어요. 그런데 노무현 대통령께서는 별로 마음에 안 드셨나 보더라고요. 하루는 오시더니 "나 저 나무 안 할래요" 그러시더라고요. 저렇게 좋은 나무를 왜 안하시냐고 여쭸더니 꽃들이 너무 화려하고 사치스러워서 기생 같다고 하시는 거예요. 농촌 집에 흔한 살구꽃이나 자두꽃도 좋고, 매화나 무화과나무를 심어도 좋은데 서부해당화는 아닌 것 같다시면서 '이 집과 안 어울리게 너무 튄다'고 말씀하셨어요. 아름다운 꽃나무 하나 심어두고 두 분이 즐기시기를 바랐는데 싫다고 하셨으니 얼마나 소박하기를 원하셨는지 이거 하나만 봐도 노무현 대통령의 성격을 너무나 잘 알 수 있는 거예요. 기생 같아 싫다하시던 그 말씀을 생각만하면 지금도 웃음이 났다가 울음이 났다가 한다니까요.

# 4

본인이 농촌에서 자라셨기 때문에 농촌 경제를 살리고, 그 다음에는 농촌 경관을 살리는 작업을 하고 싶으시다는 말씀에 감격했던 기억이 나네요. 대통령께선 집을 짓고 거기서 하셔야 될 일을 많이 고민하셨죠. 어떤 농업을 해야 할지, 주변 환경은 어떻게 보존하고 정화할지, 특산품은 뭘로 하고 뒷산 산림 개조하는 문제까지 하나씩 답변을 드리면서 이야기가 잘 통했던 것 같아요. 제가 봉하에 간 첫 날 대통령께서 이곳에 무슨 작물을 심어 농사를 지으면 좋겠냐고 물으신 적이 있어요. 대통령의집 작업을 하기 전에 김해 일을 이래저래 한 것이 있어서 수로왕과 결혼한 허황후가 가져온 것 중 하나로 알려진 장군차 얘기

를 해드렸죠. 그 말씀을 드리고 나중에 다시 오니까 뒷산에 차나무묘목 심을 준비를 다해놓으셨더라고요. 정말 깜짝 놀랐어요.

조경이라고 해서 대단한 걸 한 건 아니에요. 시골집에 어울리게 마당, 담장, 뒷산으로 연결되는 공간에 나무를 심은 정도지요. 생가 쪽은 대나무숲을 복원하고 집 앞은 키가 작은 나무들을 심자는 식으로 이야기를 풀어 가면 대통령께서는 단 하나의 이의도 제기하지 않으셨어요. "전부 다 알아서 하세요" 하셨죠. 정말 조경을 몰라서 그러신 게 아니라 위임해주셨어요. 그 대신 인테리어에는 세세한 것 하나까지 직접 고민을 많이 하신 것 같아요. 대통령께서 꼼꼼하실 때는 그 끝이 어디인지 상상을 못해요. 응접실 소파나 책상, 테이블에 대한 것부터 장시간 앉아 책을 읽을 때 좋은 조명, 독서하기 편한 의자, 누워서 책 읽기 좋은 쿠션 같은 거까지 하나하나 다 미리 고민하고 말씀하시더라고요.

노무현대통령의집에서 가장 기억에 남는 대통령 모습은 부엌 앞 단풍나무 근처 의자에 앉아서 사자바위를 바라보시던 모습이에요. 그 전에는 대통령의 집을 방문해도 편안하게 쉬시는 모습을 한 번도 본 적이 없어요. 항상 밖에 나가서 일하시거나, 일하시다가 들어와서 회의하시거나 하셨으니까.

'오늘은 오디로 포도주 만드는 농장에 다녀왔다', '오늘은 뭘 재배하는 농가에 다녀왔다' 이런 이야기로 시작하셔서 당신이 꼭 하시고 싶었던 생태농업이라든지, 산림경관을 아름답게 간벌하고 수종을 갱신하는 일, 청소년 교육장 만드는 계획 같은 걸 논의하시느라 늘 바빴어요. 그런데 딱 한 번, 거기 앉아 사자바위를 보시던 뒷모습을 본 게 기억나요.

# 5

대통령께서 사시던 집이라고 해서 굉장히 화려하고 근사한 줄 아셨죠? 이 집이 경사지에 앉아 있다 보니까 비교적 계단도 많고 마당도 여러 개라 동선도 조금 복잡해 보일 수 있어요. 그런데 실제로는 전부 수목에 둘러싸여 있는데다 지붕도 야트막해서 소담한 곳이라는 걸 알게 되실 거예요. 산허리에 집을 짓다 보니까 건축의 기본자세도 그렇

고 조경의 기본자세도 그렇고, 모두 우리나라 전통 마을의 모습과 전통 주거양식, 전통 조경을 이 시대에 맞게 해석해서 적용한 거예요.

이 집 앞에는 대통령께서 어린 시절을 보내셨던 생가도 있고, 거기서 조금 더 나가면 봉하들판도 펼쳐져 있어요. 그 들판 너머에는 뱀산이 이 집을 마주

노무현대통령의집 조경계획을 담은 투시도(2007, 조경설계 서안)

보고 있지요. 직접 장화를 신고 청소하셨던 화포천도 있고요. 노무현 대통령께서는 내 집만 잘 짓자는 생각이 아니셨어요. 주변 산과 들, 천을 아름답게 가꿔서 그것이 하나의 성공사례가 되기를 바라셨죠. 그러면 전국토가 아름답게 변화할 수 있을 거라고 믿으셨어요. 대통령의집 마당도 아파트 단지 같은 데에서 볼 수 있는 화려하고 요란한 정원이 아니라 차분하고 소박하기를 원하셨죠. 지역 경관에 맞으면서 쓰기에도 편한 그런 공간 말이에요. 정기용 건축가도 그렇고 저도 그렇고 이런 노무현 대통령의 철학과 생각에 초점을 맞춰서 작업을 했어요. 매일매일 이런 풍경을 바라보시던 노무현 대통령과 같은 시선으로 노무현대통령의집 조경을 살펴봐 주시면 좋겠어요.

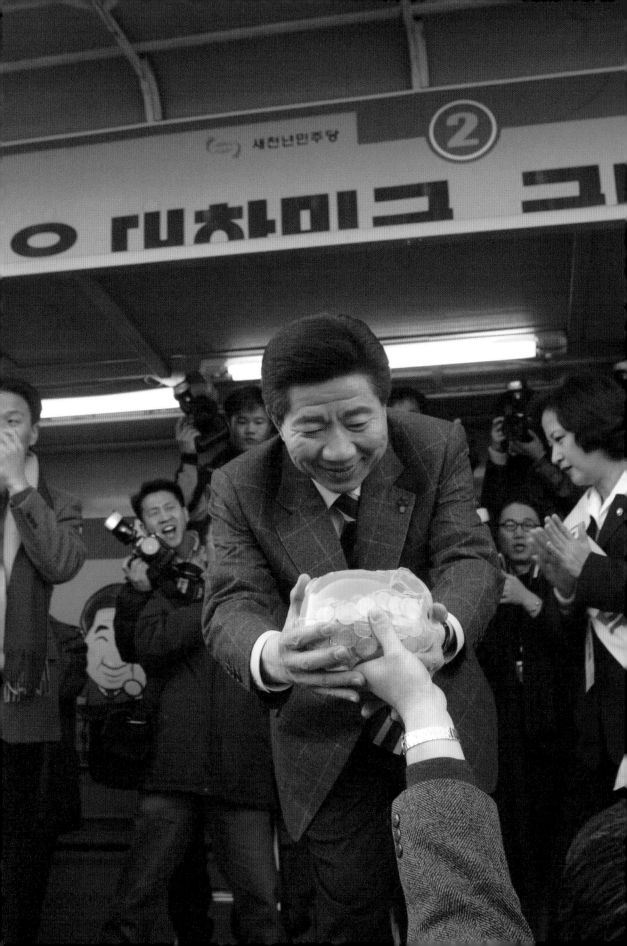

# 유 경 남

## 5.18민주화운동기록관 학예연구사, 노무현재단 후원회원

1981년 전북 정읍에서 태어나 10살 때부터 줄곧 광주에서 살고 있다.
대학에서 역사학을 공부했고, 5.18민주화운동을 연구 주제로 삼고 있다.
현재는 5.18민주화운동기록관에서 학예연구사로 일하고 있다.
노무현 대통령에 대한 가장 큰 기억도 5.18민주화운동 관련 청문회다.
성인이 된 후 가장 처음으로 뽑은 대통령 역시 노무현 대통령이다.
2009년 11월 5일 노무현재단 후원회원에 처음 가입한 이후 지금까지
인연을 이어오고 있다.
이 인터뷰는 2018년 6월 24일 경남 봉하마을 노무현대통령의집에서
진행했다.

← 
2002.12.14. ―
광주지역 선거유세 중
희망돼지 저금통을 전달받은
노무현 당시 새천년민주당
대통령후보

# 나의
# 첫 대통령

## 1

제가 스물두 살 때였어요. 그때 2002년 대선이 있었는데, 성인이 되고나서 처음으로 맞이하게 된 대통령 선거였습니다. 선거가 처음이다 보니 누구를 찍어야 할지 고민도 참 많이 했던 것 같아요. 결론부터 말씀 드리자면 저는 그때 노무현 대통령에게 투표했습니다. 그 당시 광주에서는 '노풍'도 많이 불었어요. 지역이 광주다 보니 김대중 전 대통령에 대한 관심과 지지가 자연스럽게 높았습니다. 김 전 대통령 이후 누가 대통령이 되어야 할지 고민도 가장 많았던 도시였고요. 그 고민에 대한 시민들의 결론이 바로 '노풍'이었지 않았나 생각합니다.

2007.05.19. —
광주 무등산에 올라
시민들 앞에서 연설하는
노무현 대통령

노무현 대통령을 지지했던 큰 이유는 그분이 말했던 연설 내용과 참신한 선거 운동 방식 때문이었어요. 이게 당시 젊은 사람에게 상당히 큰 호소력이 있었거든요. 기존 정치인하고 다른 면이 많은 분이라는 생각이 들기 충분했으니까요. 이렇게 노무현 대통령을 처음 만나게 되었습니다. 내가 투표한 사람이 대통령에 당선되었다는 사실도 굉장히 재밌는 일이었어요. 한 사람의 국민이자 성인으로서 진짜 주권을 행사했다는 기분도 많이 들었습니다. '내가 대통령을 만들었다'는 자부심 같은 게 생기기도 했고요. 그래서 노무현 대통령께서 취임을 한 후에도 관심의 끈을 놓지 않고 크고 작은 사건이 있을 때마다 주의 깊게 지켜봤던 것 같아요.

제 기억 속 대통령은 노태우부터 시작해요. 노태우는 초등학교 교실 위에 사진으로 있었지요. 김영삼 전 대통령은 선거라는 대형 정치 이벤트의 스펙터클 안에 존재했던 사람이고요. 어렸을 적 구경거리로 말이에요. 김대중 전 대통령은 어른들로부터 워낙 이야기를 많이 들었던 분이었어요. 이에 비해 노무현 대통령은 내가 찍어서 된 대통령이라서 그럴까요. 대통령에 대한 정의는 이분으로 시작하는 것 같아요. 이승만 같은 분은 그냥 역사 속에 존재하는 사람일 뿐이에요. 김대중 전 대통령도 크게 다르지 않은 것 같고요. 하지만 노무현이라는 사람은 내가 성인이 된 후 '우리에게 대통령은 어떤 존재가 되어야 할까'라는 질문에 대답을 주신 분이 아닐까라는 생각이 들어요. '대통령의 기준' 같은 것 말이에요. 노무현 대통령은 저와 함께 같은 시대를 살아가고 고민했던 분이라서 그런지 확실히 다른 것 같아요.

## 2

정확한 후원가입 날짜를 찾아보니까 2009년 11월 5일이더라고요. 아마 노무현재단 설립 직후였던 것 같아요. 노무현 대통령께서 돌아가셨을 때에는 세상에 대한 분노와 박탈감이 정말 심했어요. 화가 너무 많이 나니까 '내가 왜 이렇게 살아야 되나', '이 세상이 왜 이래야 되나' 고민이 많이 되더라고요. 그래서 생각을 정리해 제가 아는 모든 분들에게 메일을 보냈어요. 세상에 대한 분노를 메일에 가득 채워서 제 메일 리스트에 있는 사람들에게 다 보낸 거예요. 몇 개 답장이 돌아왔어요. 그 중에서 어느 교수님의 짧은 답장이 아직까지 기억에 남아 있습니다. '한 사람의 아들로서, 또 한 사람의 아버지로서 현재의 상황에 굉장히 참담한 심정을 느낀다'는 내용이었어요. 나와 같은 분노를 느끼는 사람들이 이 세상에 더 있다는 사실을 교수님의 답장으로 확인을 할 수 있었죠. 저에게 아주 큰 위안과 용기가 되었던 메일이었습니다.

이제 더 이상 분노만 할 수는 없었어요. 좀 더 생산적인 일을 찾아 봐야겠다는 생각을 하게 된 것이지요. 노무현재단이 만들어졌고 후원제도가 있다는 사실을 알게 된 것도 그때 즈음이었어요. 저는 기본적으로 보험을 들지 않습니다. 죽으면 다 없어진다고 생각하기 때문이에요. 그 대신 이러한 사회적 후원활동이 일종의 공공적 보험이라고 생각해요. 이때부터 노무현재단에 후원을 시작했고 지금까지 한 해도 거르지 않고 계속하고 있습니다. 나와 우리의 미래를 위해서 말이죠.

2016.05.01. — 자원봉사자의 안내해설을 따라 노무현대통령의집 특별관람을 진행 중인 시민들

## 3

봉하에 와서 대통령 계시던 집을 실제로 보니 굉장히 평범한 집이라는 생각이 제일 먼저 들었습니다. 그 전에는 밖에서 외관만 볼 수 있었는데 이렇게 직접 안으로 들어와 보니 들어오는 것 자체가 신선하다는 느낌도 들었고요. 그러면서 갑자기 가슴이 뭉클해지기도 했습니다. 감정이 오락가락 했던 것 같아요.

내가 많이 좋아하고 지지했던 사람이 살았던 공간이기 때문에 더 그랬던 것 같습니다. 그분의 흔적이 곳곳에 배어 있다 보니 잘 지어진 건축물이라는 생각보다는 그 사람 자체로 느껴지는 거겠지요. 사진이나 영상을 통해서 많이 접했기 때문에 집이 구체적으로 어떤 모습을 하고 있을 거라는 짐작은 이미 하고 있었어요. 그래도 이렇게 직접 보게 되니 느낌이 많이 다르더라고요. 해설사 선생님의 안내를 따라 천천히 둘러 볼 때는 역사학 전공자의 담담한 시선과 지지자의 뜨거운 마음이 함께 발현되면서 가슴이 더 뭉클했던 것 같아요.

사랑채 안으로 직접 들어갔을 땐 정말 좋았어요. 보통 박물관은 커다란 유리문으로 공간을 분리해 놓고 눈으로만 볼 수 있게 해주잖아요. 사랑채 안으로 들어가서 의자도 만져보고 풍경도 느껴보았던 게 좋은 기억으로 남을 것 같아요. 사랑채에서는 손녀의 낙서가 가장 좋은 전시물이었던 것 같아요. 지난 시간을 증명하는 가장 직접적이고 인간적인 흔적이었으니까요. 이 낙서를 노무현 대통령께서 지우지 말고 남겨두라고 말씀하셨다고 들었어요. 시간과 흔적에 대한 노무현 대통령의 철학과 손녀에 대한 애정이 담겨 있는 낙서이기에 아주 좋은 기록물이지 않을까 생각을 합니다.

제가 가장 뭉클한 감정이 들었던 것은 차고 앞마당에 놓여 있던 신발 터는 기구를 봤을 때에요. 초소 입구에서 집 앞까지 올라오는 길에서 집에 대한 호기심이 커졌다면 대문을 통과해 집 안으로 막 들어 왔을 때 노무현 대통령에 대한 생각에 가슴이 뭉클해졌거든요. 그런데 바로 대문 앞마당 차고 앞에 신발 터는 기구가 있는 거예요. 희한하게 그 물건이 제일 먼저 딱 보이더라고요. 저는 그걸 보고 '아 여기가 노무현 대통령이 살았던 집이구나' 실감이 아주 크게 났어요. 노무현 대통령께서 이 기구로 진흙을 털어내던 모습을 사진과 영상에서 많이 봐왔기 때문에 별다른 설명 없이도 바로 알아 챌 수 있었어요. 신발 터는 기구가 이 집의 진짜 주인이 누구였는지 바로 말해 주는 것 같더라고요. 그래서 저도 거기에 발도 대보고, 흙도 털어보고 그랬어요. 다른 분들의 눈엔 그게 보이지 않았을지도 모르지만요. 이 낡고 투박한 기구가 큐레이터인 저에게는 가장 가슴에 와 닿는 전시물이었던 것 같아요.

4 ————

노무현대통령의집을 보존하고 시민들에게 공개한다는 것은 노무현 대통령에 대한 기억을 이어 간다는 점에서 굉장히 중요한 역사적 행동이고 교육적 실천이라고 생각해요. 역사는 시간의 학문이기 때문에 시간의 흐름에 따라 어떤 역사는 옅어지기도 하고 다른 역사는 짙어지기도 합니다. 우리의 기억이 계속 연속되기도 하고 때론 단절되기도 하는 이유도 모두 이 때문이지요. 노무현 대통령께서는 이미 돌아가셨기 때문에 그분의 삶과 역사, 기억은 단절된 것처럼 보이지만 사실은 그렇지 않습니다. 노무현 대통령의 생각과 철학이 우리 같은 사람들에게로 확장되어 계속되고 있기 때문입니다.

← 2016.09.03. —
노무현 대통령 탄생 70주년을
맞아 진행한 특별관람에서
기념촬영하는 시민들

이 공간도 노무현 대통령의 삶과 꿈, 역사와 기억을 품고 있는 중요한 미디어입니다. 이곳으로 시민들이 찾아온다는 것은 노무현 대통령에 대한 기억들이 이곳에서 계속 새롭게 만들어진다는 것을 의미하거든요. 현재 이곳에는 시민들이 새롭게 만들어 낸 노무현 대통령에 대한 기억이 꾸준히 쌓여 가고 있지요. 바로 그 기억들이 앞으로 노무현 대통령에 대한 시민들의 역사가 되지 않을까 생각합니다. 시민들의 기억은 바로 노무현 대통령의 삶이나 철학에 기반하고 있기 때문입니다.

노무현대통령의집은 광주의 옛 전남도청하고 아주 비슷한 기능을 하고 있다고 생각했어요. 그곳은 먼저 간 사람에 대한 기억을 산 사람이 쌓아가는 장소이기 때문이지요. 여기 들어오는 사람들은 이곳에서 연속된 기억의 고리를 만들어 내곤해요. 이곳에서 과거와 현재는 역사와 미래로 전이되기 마련이고, 그런 경험이 스스로 생각하는 학습과 교육으로 이어지게 되는 거지요. 이런 점에서 노무현대통령의집은 노무현 대통령의 사상과 철학을 기억하면서 민주주의를 학습하는 공간이 될 거예요. 그래서 이 집은 과거에 대한 어떤 흔적을 간직하고 있는 공간이지만, 동시에 현재와 미래의 기억들을 계속 생산해 내는 역사적 장소가 되었다고 생각합니다.

# 5

노무현대통령의집은 노무현 대통령께서 살아계실 때 모습 그대로 유지되고 있어요. 그래서 처음 이곳에 왔을 때 안타까운 마음이 훨씬 컸던 것 같고요. '다 있는데 그 사람만 없구나' 그런 생각이 들어서 말이에요. 두 번째 왔을 때는 생각이 조금 달라지더라고요. 처음엔 주인 없는 빈집 같이 느껴져서 마음이 좀 그랬는데 두 번째 왔을 때는 오히려 뭔가 '가득 차 있구나'라는 생각이 들더라고요. 계단이나 나무, 벽, 풀, 꽃 하나하나에 노무현 대통령이 계신다는 그런 느낌말이에요. 처음엔 노무현대통령의집을 구석구석 빠짐없이 돌아보았다면 두 번째 왔을 때는 그늘에 가만히 앉아서 그분을 온전히 느껴보는 시간을 가졌던 것 같아요. 앞으로 자주 와서 좀 더 느껴보고, 그때마다 자연스럽게 스며드는 다양한 생각을 찬찬히 정리해 봐야겠어요.

기억이라는 것은 역사와 사람의 대화라고 생각해요. 어떤 조건에서 누구에게 질문하느냐에 따라 대답은 달라질 수 있겠지요. 이곳에 오면, 노무현 대통령께 궁금했던 질문을 던져 볼 수 있을 거라는 생각이 들었어요. 물론 노무현 대통령이 우리에게 직접 대답해 주시지는 않겠지요. 그 대신 우리는 이 집 안에서 스스로 그 답을 찾아볼 수 있을 것 같아요. 여기는 노무현 대통령의 삶과 흔적들이 남아 있는 곳이고, 그 흔적 속에는 노무현 대통령에 대한 기억이 담겨 있을 테니까요. 그럼 점에서 이곳 노무현대통령의집은 새로운 생각의 출발점이나 계기점이 될 수 있을 것 같아요. 저는 그것이 가능하리라 생각합니다.

2016.05.01. — 봉하마을 노무현 대통령 묘역을 참배하는 시민들

# 신 유 림

**기록연구사, 노무현재단 후원회원**

중학생 시절, 5공 청문회를 보며 노무현 대통령에게 '심쿵'한 뒤 30년간
변함없이 노무현 대통령을 사랑하고 지지해 온 시민이자 노무현재단
후원회원이다. 첫 봉하마을 방문은 2017년 5월이었다. 힘든 시기에
지켜드리지 못한 미안함과 억울함, 분노가 번번이 발길을 머뭇거리게 했다.
학교에서 기록학을 공부했고 현재 기록연구사로 활동하고 있다.
노무현 대통령 아카이브와 노무현대통령의집에 관심과 애정이 많은
이유이기도 하다.
이 인터뷰는 2018년 6월 24일 경남 봉하마을 노무현대통령의집에서
진행했다.

1988.11. ──
차량 위에 올라
5공 청산 촉구 연설하는
노무현 당시 국회의원

# 예기치 않게
# 시작된 사랑

## 1

노무현 대통령을 처음 본 장면은 5공 청문회 때 명패를 던지시는 모습이거든요. 제 인생에서 사건의 시간을 정확히 자각할 수 있었던 첫 번째 기억은 5.18 민주화운동과 관련된 뉴스 방송이었어요. 초등학교도 들어가기 전이었는데, 어느 날 우연히 본 뉴스에서 앵커가 무시무시한 이야기들을 하더라고요. 북한의 사주를 받은 사람들이 광주에서 폭동을 일으켰다고요. 유언비어에 속지 말라는 말도 함께 했던 것 같아요. 군인들이 여고생의 가슴을 도려내고 임산부의 배를 갈라 태아를 꺼냈다는 게 유언비어라는 말이었지요. 워낙 어렸을 때 기억이라 정확치는 않지만 저에겐 굉장한 충격이었어요.

1990.02.03. —
3당합당을 반대하는
부산시민대회에서
연설하는
노무현 당시 국회의원

제가 중학생일 때 5공 청문회가 있었어요. 어릴 적 본 광주 뉴스 영상이 다시 생생하게 되살아나던 청문회였지요. 일반적으로 중학생은 국회청문회 같은 걸 열심히 보거나 그러진 않잖아요. 그런데 전 이상하게 5공 청문회가 너무 재밌더라고요. 그래서 열심히 찾아 봤어요. 다른 친구들은 그런데 관심이 없었는데 저는 한 번도 안 빠지고 다 봤던 것 같아요. 그리고 바로 이 5공 청문회에서 노무현 대통령을 처음 만나게 된 거고요.

노무현 대통령의 아주 유명한 사건이 이 5공 청문회 때 일어났잖아요. 명패를 던진 사건 말이에요. 누구도 상상해보지 못한 일이 바로 제 눈앞에서 일어난 거예요.

노무현 대통령께서 명패를 던지는 모습에 충격 받은 사람들이 저 말고도 아주 많았을 거예요. 저도 그 때 뒤통수를 세게 맞은 것 같은 그런 느낌이었거든요. 그러고 나서 바로 '잘못했다'고 사과도 하셨어요. 사실은 이때 더 심쿵했던 것 같아요. 말 그대로. 사랑은 예기치 않은 곳에서 갑자기 찾아오는 것처럼 노무현 대통령의 사과 장면에 반했나 봐요. 저도 정확한 이유는 잘 모르겠어요. 어쨌거나 그때부터 노무현 대통령을 사랑하기 시작했던 건 사실이에요. 그리고 지금까지 쭉 노무현 대통령의 지지자로, 깨어있는 시민의 한 사람으로 부끄럽지 않게 살기 위해 노력하고 있어요.

## 2 ————

30년 전에 노무현 대통령을 처음 뵙고 지지자가 되었지만 노무현재단 후원회원이 된 건 1년 밖에 안됐어요. 대통령께서 갑자기 가버리신 상황을 받아들이기까지는 많은 시간이 필요했거든요. 미안하고 슬프고, 또 억울한, 아주 복합적인 감정이 들어 너무 힘드니까 일부러 외면하고 회피하고 싶은 생각까지 들었던 것 같아요. 그렇게 황망하게 가버리시니까 미안한 마음에 노무현 대통령 앞에 올 수가 없겠더라고요. 뭘 해야 할지 아무것도 생각도 할 수 없던 많은 시간이 지나고 나서야 이곳 봉하마을에 올 수 있었어요.

2017년에 노무현 대통령과 가장 친한 친구 분이 새로운 대통령이 되셨잖아요. 문재인 대통령께서 취임하고 나서야 노무현 대통령에 대한 미안함과 슬픔이 조금씩 사라지고 그 자리에 그리움과 존경이 다시 자리 잡게 된 것 같아요. 힘들어도 이젠 견딜 수 있는 용기가 생겼다고 할까요. 그래서 그해 5월에 회사 동료들하고 같이 여길 다녀갈 수 있었어요. 돌아가는 길에 노무현재단 후원회원에 가입도 바로 했고요. 그전까지는 회사에서도 누가 노무현 대통령을 좋아하는지 전혀 몰랐어요. 그런데 주변을 찬찬히 살펴보니 그분을 지지하고 사랑하는 꽤 많은 사람들이 이미 저와 함께 일하고 있더라고요. 함께 용기 낼 사람들이 생겨 큰 힘이 되었어요.

같은 마음을 가진 동료들의 존재는 저에겐 매우 고무적인 일이었어요. 그래도 이곳까지 오는 마음은 반반이었지만 말이에요. 더 힘들어지지는 않을까 걱정이 많이 되더라고요. 도착하기 전까지 솔직히 자신이 없었어요. 힘들면 같이 울지 하는 생각으로 온 거였거든요. 그런데 막상 와보니까 오히려 없던 용기까지 생기더라고요. '나 참 잘했구나' 하는 생각도 들고요. 제게 딸이 하나 있는데 다음엔 꼭 같이 오려고요. 이 공간은 단순히 대통령께서 살던 집이라는 의미를 넘어 역사적인 장소고, 우리 아이들에게 노무현 대통령의 진면목을 정확히 보여줄 수 있는 곳이니까요. 열심히 시민을 바라보셨던 대통령을 배울 수 있는 공간으로 좀 더 잘 활용되었으면 좋겠다는 생각이에요.

## 3 ————

노무현대통령의집을 둘러보면서 울컥했던 공간이 두 곳 있었어요. 미소가 저절로 나왔던 공간도 한 곳 있었고요. 처음으로 울컥했던 공간은 차고였어요. 노무현 대통령께서 자전거에 손주들 태우고 들판을 달리시던 유명한 사진이 있잖아요. 그 사진보고 한참 흐뭇하게 웃었던 적이 있었

2016.05.01. —
사랑채에 걸려 있는 '웃음' 액자(위)와 자원봉사자의 안내해설을 따라 노무현대통령의집 특별관람을 진행 중인 시민들(아래)

는데 바로 그 자전거가 차고에 세워져 있더라고요. 대통령이면 우리나라 최고 권력자인데 그런 분도 손주들 사랑하는 마음은 우리와 크게 다르지 않으셨구나 싶어 너무 눈물이 나더라고요.

저도 모르게 울컥했던 두 번째 공간은 서재였어요. 서재는 노무현 대통령께서 책도 읽고 회의도 하셨던 곳이에요. 시민들이 '대통령님 나와 주세요'하고 부르는 소리를 처음 들으신 곳도 서재였다고 하고요. 그 서재에 옷걸이가 하나 서 있는데 대통령께서 즐겨 쓰시던 밀짚모자가 무심하게 걸려 있더라고요. 노무현대통령의집 앞에서 시민을 맞이하는 대통령의 사진에 제일 많이 등장하는 바로 그 소품 말이에요.

시민들이 시도 때도 없이 대통령을 불러대니까, 비서관들이 힘드시니 나가지 마시라고 말리기도 했대요. 그런데 그럴 때마나 '나 하나 보러 이 먼 곳까지 오신 분들인데 얼굴은 한 번 보여드려야 하지 않겠나'하고 말씀 하셨다고 해요. 해설사 선생님에게 이런 이야기를 듣다보니 그렇게나 시민을 바라보셨던 노 대통령이 또 너무 보고 싶어지면서 울컥하게 되더라고요.

웃음이 나왔던 공간은 사랑채였어요. 사랑채에 들어서면 신영복 선생님의 '사람 사는 세상' 액자를 볼 수 있어요. 그런데 그 액자 바로 아래 벽에 손주들이 낙서해 놓은 게 있더라고요. 아이들만이 할 수 있는 너무 귀여운 낙서였어요. 손주들이 할아버지 집에 놀러 왔다가 어른들 몰래 낙서를 한 거잖아요. 그 모습이 너무 귀엽게 상상되어 한참 웃었습니다. 대통령께서도 그렇게 웃으셨을 거예요. 그리고 이게 왜 제 눈에 쏙 들어왔는지 모르겠는데, 사랑채 구석에 조그마한 액자가 하나 걸려 있어요. 손자의 귀여운 낙서 바로 건너편 벽에요. 못 보셨다면 나중에 한 번 찾아보세요. '웃음'이라는 글자가 써진 작은 액자에요. 노무현 대통령께서 이 액자를 걸어두고 보시면서 많이 웃으셨을 것 같아 저도 따라 미소가 지어지더라고요.

4 ————

제가 기록학을 공부하다 보니까 노무현 대통령과 기록에 대해 기억나는 게 많아요. 참여정부 때는 청와대에서 이지원 시스템을 사용했어요. 모든 업무가 처음부터 끝까지 기록으로 남겨지는 시스템이었지요. 저도 기록관리 일을 하고 있지만, 업무를 처음부터 끝까지 기록으로 남기는 일은 절대로 쉬운 일이 아니에요. 그럼에도 불구하고 가능한 기록은 꼼꼼하게 남겨야하고, 그 과정 또한 시스템화해야 한다고 생각한

건 당시로서는 가히 혁명적인 발상이었다고 생각해요.

기록의 중요성과 기록이 남아서 나중에 역사가 된다는 사실을 노무현 대통령께서 정확히 이해하고 계셨기 때문에 가능한 일이지 않았나 생각해요. 그런데 막상 직원들은 이러저러한 이유로 시스템 사용을 꺼려했다고 하더라고요. 그럴 때마다 대통령께서는 '기록으로 남기지 못할 일은 아예 하지도 말라'고 하시면서 시스템 사용을 격려하셨다고 들었어요. 이게 바로 기록과 역사를 중요하게 생각하시는 노무현 대통령의 참모습이겠지요.

많은 분들이 알고 계시겠지만, '기록물법'이 제정된 해는 1999년이에요. 이런 의미로 참여정부는 기록물법과 함께 시작되었다고 말해도 과언은 아니겠죠. '대통령기록물관리법'이 제정된 것도 참여정부 때 일이었어요. 꼭 이 법 때문만은 아니지만, 노무현 대통령께서는 워낙 기록에 대한 관심과 애정이 많으셨고, 그래서 대통령 재임시절 제대로 된 기록과 기억들을 많이 남기셨어요. 대통령제를 채택하고 있는 우리나라에서 대통령 기록물은 단순한 기록 이상의 의미를 가지고 있을 거예요. 한 시대의 상징으로, 또 한 시대의 역사로 말이에요. 그런 기록물은 국가에서 책임지고 제대로 관리해야 하고, 그 방법을 법으로 정해 놓은 게 바로 '대통령기록물관리법'이라 생각해요.

'대통령기록물관리법'이 제정되기 전까지 역대 대통령에 대한 기록들은 지금처럼 공공의 소유가 아닌 대통령 개인의 것이었어요. 그래서 대통령기록이 제대로 생산되지도 않았고, 제대로 기록되었다고 한들 그것을 국가가 직접 관리할 수도 없었어요. 특히나 자신이 무슨 일을 했나 증거를 남기고 싶지 않은 사람이 대통령이 됐을 땐 기록물 공동화 현상이 더욱 두드러졌고요. 이렇게 개인의 소유물로 인식되던 대통령기록물들이 제대로 관리가 될 수 있었겠어요?

노무현 대통령의 전과 후는 이렇게 구분되기도 해요.

기록이라는 게 의지가 없으면 제대로 남기기도 힘들어요. 법이 있다고 해서 반드시 기록물이 제대로 남겨지고 관리되고 하는 것도 아닌 것 같아요. 노무현 대통령 이후 두 명의 전직 대통령을 살펴보면 쉽게 증명할 수 있는 일이지요. 이 두 분은 기록을 생산조차 하지 않으려 했던 것 같아요. 기록이 생산되지 않으면 기록관리는 할 수 없는 일이고, 기록을 관리하지 못하면 활용은 엄두조차 낼 수 없지요. 그것은 역사가 사라지는 일이에요.

# 5 ─────

미국도 대통령제를 택하고 있는 나라에요. 그 역사가 길다 보니 퇴임한 역대 대통령들도 우리보다 많고, 대통령기록물을 관리해 온 역사도 길어요. 미국 NARA(국립문서보관소)에서 관리하고 있는 역대 대통령 기념도서관이 13개나 돼요. 이곳에서는 대통령 재임기간 동안 생산된 문서와 행정박물을 전문적으로 보존·관리하고, 연구자와 시민들이 역대 대통령에 대해 자유롭게 공부하고 연구할 수 있도록 지원해 준다고 해요.

우리나라의 경우엔 그에 비하면 많이 부족하지만 2007년에 생긴 대통령기록관이 있고, 대통령 기념·역사시설로 전시나 관람 기능을 갖고 있는 생가나 사저가 일부 있어요. 그런데 기록물 수장고가 함께 있는 생가나 사저는 여기 노무현대통령의집 밖에 없어요. 대통령의 집에 직접 수장고를 설치하는 일은 대통령기록물에 대한 수집과 관리, 활용에 대한 강한 의지가 있기 때문에 가능한 것 같아요. 노무현 대통령에 대한 기억과 기록들을 잘 보존해서 후대에 전달하겠다는 의지 말이에요.

그냥 과거의 모습을 있는 그대로 보여주는 전시는 어찌 보면 박제된 기록이잖아요. 그런데 기록물 수장고는 먼 미래에 대한 대비에요. 단순하게 추모하고 그리워하고 추억하는 게 아니라 집요하게 노무현 대통령에 대한 기록을 모으고 끊임없이 기록해서 앞으로 자라나는 아이들에게 고스란히 전해주겠다는 의지이기도 하고요.

관람할 때 해설사 선생님이 이런 말씀을 하시더라고요. 애초 이 집을 설계하고 만들 때부터 시민에게 돌려줄 것을 생각했다고 말이에요. 그래서 시민들이 비 맞지 않고 눈 맞지 않게 회랑도 넓게 하고, 유모차와 휠체어가 쉽게 다닐 수 있게 경사로도 만들었다고. 수장고도 그렇고, 이게 바로 우리가 말해오던 '시민친화형 아카이브'잖아요. 시민에게 개방되는 기록보존소 말이에요. 이런 방식으로 시민과 함께 하겠다는 생각을 갖고 계셨던 것 같아요. 그래서 노무현대통령의집에 설치된 기록물 수장고는 '미래를 생각하고 과거에 머무르지 않겠다', '우리 아이들이 살기 좋은 세상'을 생각하고, '시민들을 바라보겠다'는, 노무현 대통령의 평소 생각이 구현된 기억의 공간이 아닐까 생각해요.

# 김주흔

**노무현대통령의집 안내해설 자원봉사자, 노무현재단 후원회원**

노무현 대통령의 이웃 마을 주민이자 노무현대통령의집 안내해설
자원봉사자다. 노무현 대통령을 알게 된 계기도 자원봉사였다.
부산시장 선거캠프에 일손을 도우러 갔다 만난 소탈한 후보의 모습이
오래 기억에 남았다. 그 인연이 한결같이 이어지고 있는 셈이다.
노무현대통령의집에서 가장 좋아하는 장소는 뒤뜰과 서재다.
노무현 대통령의 숨결이 느껴지는 멋진 바람을 만날 수 있기 때문이다.
이 인터뷰는 2018년 6월 24일 경남 봉하마을 노무현대통령의집에서
진행했다.

←
1995.06. —
선거포스터가 붙은
사무실에서 회의하는
노무현 당시 부산시장 후보

# 멋진 바람을
# 만나는 곳

## 1

노무현 대통령을 처음 만난 건 1995년이에요. 벌써 23년 전이네요. 그땐 제가 부산에서 대학을 다니고 있었어요. 어느 날 선배가 자기를 따라 오면 공짜로 점심을 먹여주겠다고 하더라고요. 그래서 따라 갔죠. 가 보니까 거기가 노무현 후보에 대한 지지도 조사 자원봉사를 하는 데였어요. 전화로 설문조사 자원봉사 같은 걸 하더라고요. 전 그때 전혀 모르고 갔었거든요. 일에 대한 설명을 잠깐 듣고 열심히 전화 안내를 하다가 때가 돼서 시장통 국수집으로 점심을 먹으러 갔어요. 그런데 거기로 노무현 당시 후보께서 오셨더라고요.

2008.08.16. —
노사모 회원들 앞에서
이야기하는 노무현 대통령

제 기억에 그때 노무현 대통령은 되게 소탈하셨어요. 아주 놀랄 정도로요. 우리 국수 먹는 옆자리에 앉으셔서 이 얘기 저 얘기 말씀도 많이 해주셨는데, 꼭 우리 삼촌 같더라고요. 겨우 하루 동안 자원봉사 하는 거였고, 노무현 대통령에 대해 잘 알지도 못했을 때였는데도 그 장면이 참 따뜻한 기억으로 남아 있어요. 그날 처음 만났지만 저분이 부산시장으로 당선됐으면 좋겠다는 생각이 들 정도로요. 저는 부산사람이 아니어서 노무현 후보에게 표를 줄 수는 없었어요. 많이 안타깝더라고요. 한 표 한 표가 너무 아쉬운 때였거든요. 잘 아시겠지만 결국 낙선하셨죠.

## 2

그리고 시간이 한참 지나 2000년에 제가 결혼을 했어요. 두 해가 더 지나서 첫 아이도 낳았고요. 한참 만삭일 때 노무현 대통령께서 민주당 대통령 후보가 되셨어요. 계속 신문에 나오시고 방송에서도 볼 수 있고 해서 전 너무너무 반갑고 좋더라고요. 오랫동안 못 보던 삼촌을 다시 만난 느낌이랄까요. 부산시장 선거 때 제 표를 못 드렸던 안타까움이 다시 생각나더라고요. 몸이 만삭이라 선거운동 자원봉사는 힘들었고, 그 대신 여기저기 아는 사람들에게 전화를 돌렸죠. 시골에 계신 시아버지한테까지 전화해서 꼭 투표하셔야 한다고 말씀 드렸어요. 시아버지도 정말로 투표하셨고요. 그리고 우리의 대통령으로 당당 하게 당선되셨지요. 너무 기쁜 그날이 마치 어제 일처럼 생생하게 기억이 나네요. 어떻게 그날을 잊을 수 있겠어요.

노무현 대통령께서 임기를 마치고 봉하마을에 돌아오셨을 때 저도 마침 진영에 살고 있었어요. 비록 같은 동네 주민은 아니지만 이웃 마을 사람으로 노무현 대통령께서 귀향하시는 모습을 멀리서 바라만 봤지요. 가까운 동네로 오셔서 정말 마음은 기뻤고요. 가끔 아이들이랑 봉하마을에 놀러 갈 때면 많은 시민들 사이에 둘러싸여 계신 노무현 대통령의 모습을 보기도 했어요. 그때 생각에는 굳이 나까지 저 많은 인파 속에 들어가서 뭐하나 싶어서 길을 따라 걸어가며 바라본 게 다였어요. 제가 셋째를 임신하고 아이들과 봉하에 놀러 갔을 때 멀리 길가에서 노무현 대통령을 본 게 마지막 모습이었네요. 내년에 막내 낳고 세 아이 다 데리고 와서 만나 봬야지, 그때는 저 인파 속에 나도 같이 들어가 있어야지 했는데, 그게 마지막이었어요.

# 3

제가 노무현대통령의집 안내해설사로 자원봉사를 시작한 건 2016년부터였어요. '미안함' 때문이었어요. 노무현 대통령에 대해 너무 모르고 살았던 것에 대한 미안함, 내가 당선시킨 대통령이었는데도 불구하고 대통령 되시고 나서는 너무 무심했던 것에 대한 미안함 같은 거 말이에요. 서거하셨을 때 제가 막내를 낳고 삼칠일이 안 지난 상태였어요. 그래서 바로 근처인데도 와보지도 못했던 점에 대한 마음도 컸어요. 그날 이후부터 봉하마을에서 뭘 한다고 하면 작은 힘이라도 보태고 싶었어요. 마침 안내해설 자원봉사자를 모집한다는 얘기를 듣고 여기에 오게 된 거지요.

노무현대통령의집에 방문하려면 먼저 예약을 하셔야해요. 인터넷에는 노무현재단 홈페이지(www.knowhow.or.kr)가 있어요. 첫 화면 우측에 노무현대통령의집 관람신청하기 배너가 보이실 거예요. 거기서 신청하시면 돼요. 매주 월요일과 화요일은 정기 휴무일입니다. 당일 현장에 오셔서 접수하시는 것도 가능해요. 오전 9시 30분까지 입구로 오시면 선착순으로 입장권을 받으실 수 있으세요. 입장에 인원 제한이 있으니까 자세한 것은 노무현대통령의집 홈페이지(http://presidenthouse.knowhow.or.kr)를 참조하세요.

2016.05.01. —
안뜰 단풍나무
앞에서 기념촬영하는
노무현대통령의집
안내해설 자원봉사자들

2018.01.01. — 신년참배 행사 일환으로 진행한 노무현대통령의집 관람에 참여한 시민들

# 4

제가 처음 노무현대통령의집에 와본 건 2015년이었어요. 저희 집 식구들이랑 같이 보러 왔었거든요. 그때 뒤뜰과 서재가 참 마음에 들더라고요. 노무현 대통령처럼 담백하고 소탈해 보여서요. 그런데 제가 안내해설 자원봉사자 교육을 받고 나서 처음 배치 받은 곳도 뒤뜰과 서재였어요. 제가 그곳을 좋아해서 혹시 노무현 대통령께서 일부러 저를 그쪽으로 보내 주신 건 아닐까 상상도 해봤어요.

노무현대통령의집은 '지붕 낮은 집'으로 불리기도 해요. '부끄럼 타는 집'이나 '불편한 흙집'으로 소개되기도 하고요. 뒤뜰에 가보면 왜 이 집을 그렇게 부르는지 이해할 수 있을 거예요. 봉화산 산세를 따라 뒤뜰 정원이 만들어졌거든요. 화계라고 하는 꽃계단이 집 안으로 자연스럽게 이어지는 걸 눈으로 직접 확인할 수 있을 거예요. 뒤뜰을 따라 서재까지 걷다보면 대통령께서 마치 여기에 와 계신 것 같은 느낌을 받을 때가 있어요. 거기에 서서 방문객들을 기다리고 있다 보면 바람이 살짝 스치고 지나가요. 그럼 왠지 그 바람 속에 노무현 대통령이 계신 것 같은 느낌이 들거든요. 그래서 거길 좋아하게 된 거 같아요.

2016년 노무현 대통령 생신기념 특별개방 행사 때 설문조사를 한 적이 있어요. 노무현대통령의집에서 어느 공간이 제일 마음에 드는지 물어보는 조사였어요. 제 기억으로는 사랑채가 제일 많이 꼽혔고, 그 다음이 서재, 안채 순이었던 것 같아요. 사랑채는 노무현 대통령도 가장 좋아하셨던 공간이기도 해요. 이 집이 한옥 구조를 따르고 있다는 걸 많은 분들이 잘 알고 계시더라고요. 한옥에서 사랑채는 손님을 맞이하는 곳이라서 그런지 방문객들이 그런 느낌을 많이 받으시는 것 같아요. 사랑채 창 너머로 보이는 산자락 풍경도 많이 좋아해주시고요. 한옥에서 이걸 '차경'이라고 부른다던데 '경치를 빌려다 쓴다'는 뜻이라고 하더라고요.

# 5

노무현대통령의집을 방문하신 많은 시민들이 안채랑 부엌을 둘러보시곤 대통령의 사적인 공간이 작은 것에 대해 많이 안쓰러워하시는 편이에요. 노무현 대통령의 마지막 글이 저장되어 있는 컴퓨터를 볼 때면 눈시울을 붉히시기도 하고요. 그러다 뒤뜰에서 만나게 되는 예쁘고 소박한 풍경을 좋아하시기도 하고요. 서재에서는 밀짚모자를 보고 우시는 분들도 많고요.

아이들과 함께 오신 분들은 서재에 꽂혀 있는 책에 관심이 많아요. 노무현 대통령께서 어떤 책을 읽으셨기에 그렇게 훌륭한 분이 되셨냐고 넌지시 물어보는 분들도 계시고요. 자녀분들에게 추천해주고 싶으신가보더라고요. 그럴 때면 아이들에게 책 목록을 강요하지 마시라고 말씀 드리곤 해요. 자기가 보고 싶은 책을 읽어야 많이 남는 법이니까요. 노무현 대통령처럼 말이에요.

중정이나 텃밭에서 보이는 바깥 풍경도 많은 분들이 좋아하세요. 중정 가운

데에는 물을 받아 놓은 조그마한 돌이 하나 있어요. 그게 '드므'라고 하는 건데 예로부터 불의 귀신을 물리치는 방화수 같은 역할을 하는 거라고 하더라고요. 경복궁에 가도 있고 옛날 한옥주택에도 꼭 있던 것이라고 해요. 노무현대통령 의집에 정취를 더해주는 인기 아이템이기도 하죠.

## 6 ⎯⎯⎯⎯⎯

주로 가족 단위로 오시는 분들이 기억에 많이 남는 편이에요. 한 번은 4대가 같이 오셨던 분이 있었어요. 다 보고 가시면서 설명 너무 잘 들었고 다음에 또 오겠다고 말씀해 주셨던 그 대가족이 제일 기억에 남아요. 또, 기억에 남을만 한 어르신 한 분이 있어요. 이곳엔 노무현 대통령을 좋아하고 그리워하는 분 들만 오시는 건 아니거든요. 미리 방문예약을 하고 오신 것 같은데 시간이 잘 안 맞으셨는지 밖에서 오래 기다리셨나보더라고요. 그래서 화가 많이 나셨던 거 같아요. 그분을 달래가면서 해설을 진행할 수밖에 없었어요. 그런데 처음 에는 막 화를 내시더니 해설이 진행되면서 조금씩 표정이 풀리시더라고요. 결국 마지막에는 기분 좋은 얼굴로 가셨지요. 참 다행이었던 기억으로 남아 있네요.

노무현대통령의집에 오시는 분들은 노무현 대통령에 대한 애틋함과 미안 함, 그리고 그리움이 많으신 것 같아요. 집 안 곳곳에 다양한 의미를 부여하고 좋아하시는 것 같더라고요. 우시는 분들도 많아요. 갑자기 눈물 흘리시는 분 을 볼 때면 저도 울컥해서 같이 울 때도 있거든요. 저희끼리 해설 연습을 할 때 도 많이 울어요. 너무 많이 울어서 서로 울지 말자고 매번 다짐을 하곤 하는데 나도 모르게 같이 울게 되더라고요. 바보 같이.

# 꿈

사 람 사 는 세 상 ────

노무현대통령의집은 나지막한 언덕 끝머리에

살포시 올라서 있는 지붕 낮은 집이다.

봉화산 사자바위에 올라 아래를 내려 보면

봉하마을과 봉하들판, 봉화산이 만나는 길목에

자리 잡은 노무현대통령의집을 발견할 수 있다.

들판 너머 뱀산이 노무현대통령의집을

마주보고 있다. 봉하마을 풍경에는 언제나

노무현대통령의집이 자연스럽게 녹아있다.

퇴임 후 노무현 대통령의 삶과 꿈이 펼쳐졌던

무대가 봉하마을이었다면, 사람 사는 세상을

준비하던 본부는 노무현대통령의집이었다.

노무현 대통령은 이 집에서 사람들과 함께

봉하들판을 건강하게 할 오리농법을

연구했고 화포천을 다시 살릴 방법들을

구상했으며, 민주주의와 진보의 미래를

고민했다. 노무현대통령의집은 자연 앞에

겸손하고 사람에게 충실했던

노무현 대통령의 삶을 닮아 있다.

담장을 낮게 만든 것은 미래에 대한 저의 희망을
표시한 것입니다. 앞으로 우리가 담장을 나지막하게
아름답게 만들어 놓고 담 너머로 이웃을 넘겨다보면서
그렇게 사는 사회가 되면 좋겠다는 꿈을
저 담 높이로 표현을 했습니다.

— 노무현 대통령, 2008.05.17. 방문객 인사

여기 와서 하고 있는 일은
바로바로 눈에 보이는 성과가 있어요.
내년 봄 되면 이곳의 풍경이 완전히 달라져 있을 거고
3년이나 5년쯤 지나면 굉장히, 굉장히 우리가 놀랄만한
그런 결과가 있을 수 있거든요.

— 노무현 대통령, 2008.05.04. 방문객 인사

우리가 지금 정의로운 사회를, 풍요로운 사회, 넉넉한 사회,
아주 정의로운 사회 그리고 따뜻한 사회를 원하는 것 아닙니까, 그죠?
따뜻한 사회, 그것까지가 우리의 정치적 관심인데 아름다운 나라
이것도 굉장히 중요한 것 같아요. 아름다운 마을, 집, 아름다운 나라,
그거는 정치하는 사람이 하려야 할 수가 없어요.
국민들이 그쪽으로 가야 하거든요.

— 노무현 대통령, 2008.05.04. 방문객 인사

아이들의 행복한 삶에 목표가 있다면,
그 행복은 살기 좋은 세상이 올 때 주어지는 것이죠.
세상을 바꾸는 것, 좋은 세상을 제공하는 것.
그 안에서만 가능하다는 것이죠.

— 노무현 대통령, 〈진보의 미래(2009)〉

다시 '시민'을 등장시켜 보자는 것입니다. 새로운 시민의 확대에
따른 권력의 이동이 필요한 것이죠. 권력의 이동에 관한 문제를
우리가 소위 '시민 주권'이라는 이름으로 얘기를 해보자는 것
아닙니까? 그것은 결국은 투표를 하는 사람들의 사고와 행동이
정부를 지배하게 돼 있는 것이죠. 시민 주권이 지배하도록 하자.

— 노무현 대통령, 〈진보의 미래(2009)〉

## '2장 삶-일상의 공간' 텍스트
## 출처 및 참고자료

### 도서
노무현, 〈여보 나좀 도와줘(1994)〉
노무현, 〈진보의 미래(2009)〉
노무현, 〈성공과 좌절(2009)〉
노무현, 〈운명이다(2010)〉
도종환 외 17인, 〈노무현이, 없다(2010)〉
윤태영, 〈기록(2014)〉
윤태영, 〈바보, 산을 옮기다(2015)〉

### 홈페이지 게시글
'사람이 꿈을 가지고 살아간다는 것(2000.08.28.)'
'안녕하세요, 노무현입니다(2008.02.29.)'
'봉하에서 띄우는 두 번째 편지(2008.03.03.)'
'봉하마을 참 맛을 보고 가세요(2008.03.06.)'
'생활의 작은 기쁨(2008.03.09.)'
'회원 게시판은 30,000번째 글이 가까워지고 있네요(2008.03.27.)'
'자신에게 충실한 시간을 보내고 있습니다(2009.02.22.)'
'좋은 글 하나 추천드립니다(2009.03.19.)'

### 봉하마을 방문객 인사
2008.02.25. / 2008.05.04. / 2008.05.15. / 2008.08.03. / 2008.08.09.

노무현대통령의집 예약 및 안내 사이트
http://presidenthouse.knowhow.or.kr